阿依努神谣集

[日] 知里幸惠 编译

马长城 译

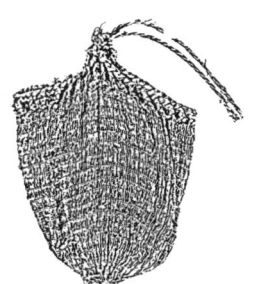
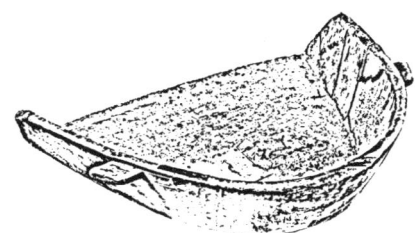

中国戏剧出版社
CHINA THEATRE PRESS

图书在版编目（CIP）数据

阿依努神谣集：汉、日／（日）知里幸惠编译；马长城译. -- 北京：中国戏剧出版社，2024.8. -- ISBN 978-7-104-05509-9

Ⅰ．I313.25

中国国家版本馆CIP数据核字第20245G79M8号

阿依努神谣集

责任编辑：肖　楠
项目统筹：康祎宁
责任印制：冯志强

出版发行：中国戏剧出版社
出 版 人：樊国宾
社　　址：北京市西城区天宁寺前街2号国家音乐产业基地L座
邮　　编：100055
网　　址：www.theatrebook.cn
电　　话：010-63385980（总编室）　010-63381560（发行部）
传　　真：010-63381560

读者服务：010-63381560
邮购地址：北京市西城区天宁寺前街2号国家音乐产业基地L座

印　　刷：廊坊市印艺阁数字科技有限公司
开　　本：880mm×1230mm　1/32
印　　张：6
字　　数：109千字
版　　次：2024年8月　北京第1版第1次印刷
书　　号：ISBN 978-7-104-05509-9
定　　价：78.00元

版权专有，违者必究；如有质量问题，请与出版社联系调换。

编译 (日)知里幸惠

图 1 阿依努民居

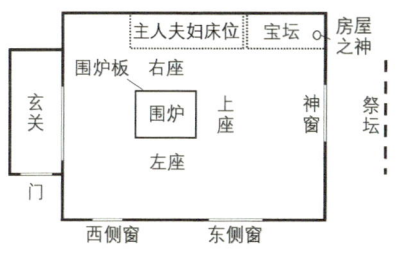

图 2 阿依努民居内部平面简图

图 3 围炉火塘

图 4 大花纹座席（祭祀用）

图 5　房屋之神　　　　　　图 6　祭坛

图 7　簸箕

图 8　独木舟

图 9 机弩

图 10 卷有樱树皮的弓

图 11 带箍的宝箱

图 12 带神幡的酒筷

图 13 酒铫

图 14 袋篓（背袋）

图 15 刀鞘和刀柄

图 16 采摘谷穗用的蚌壳

注：以上图片中，图 2 由中文译者据金田一 & 杉山（1993：300），田村（1996：xxiv），萱野（2002：307）等相关资料绘制；图 1、3、4、5 由中文译者拍摄于北海道平取町立二风谷阿依努文化博物馆，其余图片均由北海道平取町立二风谷阿依努文化博物馆提供。

导 读

1. 阿依努民族和阿依努文化

在国人的印象当中,日本仿佛是一个单一民族国家。事实上,日本是一个多民族国家,除了所谓的大和民族之外,日本还有其他民族存在,阿依努民族便是其中之一。地理上,阿依

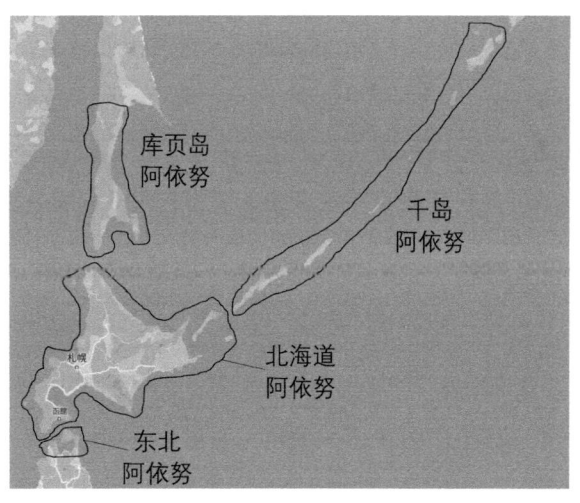

18 世纪前后阿依努民族的分布示意图
(译者依据《阿依努的真正事实》一书第 25 页的插图绘制)

努民族广泛居住在库页岛南部、千岛群岛、北海道全岛和日本本州东北部。

在社会文化、语言等方面,阿依努民族与大和民族有着明显的差异。

曾经的阿依努民族,一般以亲属为单位,在河口或者河流汇集处组成一个村落,小村落几户,大村落十来户。阿依努民族没有土地私有的概念,村落周边一般被视为共同的采集场所。通常情况下,家庭里的男方负责捕鱼、狩猎和祭祀,女方负责采集和家务。

阿依努民族将世界分为三界,分别为高天上神的世界、大地上人的世界、人死后要去的世界。他们认为所有事物都有神灵(或者魂灵)寄宿于内,使用或者杀死神灵都是出于神灵自己奉献的意愿,是将神灵从固有形体中解放出来,送还到神的世界的方法。

阿依努语是完全不同于日语的一种语言,目前的研究当中,还没有找到与其他语言的亲属派系关系,属于孤立语。从类型论上来讲,阿依努语为抱合型语言,很多语法成分都以词缀的形式出现在动词周边,特别是人称词缀,为句子的必要成分。另外,其语序为SOV(主语+宾语+动词)、AN(修饰语+名词)。阿依努语内部亦可分为库页岛、千岛、北海道三大方言,北海道内部又可细分为东北方言和西南方言。由于阿

依努民族早期没有文字，较早的记录是日本人使用日语假名编纂的日语－阿依努语字典。其后经过阿依努民族和相关学者的努力，对罗马字和日语片假名进行了实用性改良和适配，目前阿依努民族的语言表记通行罗马字和日语假名两种方式。

19世纪明治维新之后，日本开始推行单一民族政策，阿依努人被禁止使用阿依努语和举行阿依努民族的相关文化活动，并被强制学习日语。长期的民族压制和同化政策，导致阿依努文化语言几乎出现断层。第二次世界大战之后，当研究人员开始大规模详细调查的时候，熟悉阿依努语和阿依努文化的人士已经相当稀少并且大多高龄，加上日本国内民族歧视和政治政策的阻力，阿依努进行有组织的、社会性的、完整的文化语言传承已经相当困难。20世纪七八十年代开始，阿依努民族当中呼吁本民族文化和语言复兴的声音越来越高，近年来，随着日本国立阿依努民族博物馆的建立，阿依努语和阿依努文化正越来越多地出现在人们的生活当中。

另一方面，20世纪初，日本民间的一部分有识之士和阿依努人自己的优秀人才，收集、整理、记录了相当数量的优秀的阿依努口述文学作品，其中最著名的当数本书《阿依努神谣集》。

2. 编译者 知里幸惠

知里幸惠，1903 年出生在日本北海道登别市（登别温泉附近）的一个阿依努人家庭，其父名为知里高吉，其母名为 Nami。知里幸惠为家中长女，其二弟名为知里高央（后来成为高中英语教师），其三弟名为知里真志保（后来于东京大学取得博士学位，成为北海道大学教授）。她在登别市度过了幼年时代，7 岁时寄居北海道旭川市，19 岁之前一直在旭川同其姨母金城 Matsu 和外祖母 Monasinouku 一起生活。

1918 年夏，经牧师 John Batchelor 介绍，阿依努语学和阿依努文学研究的开拓者、日本著名语言学家金田一京助拜访了金城 Matsu 和 Monasinouku。在这次访问中，金田一京助初次遇到知里幸惠，发现她拥有敏锐的语言观察力和杰出的语言能力。

1920 年，知里幸惠从旭川女子职业学校毕业，因罹患支气管炎，在家休养。这期间，金田一京助邮寄笔记本给病中的知里幸惠，鼓励她记录阿依努的神谣。自此，知里幸惠便开始用自创的标记方法（罗马字）来记录自己学到的神谣等口述文学作品。

1922 年 5 月，受金田一京助的邀请，知里幸惠怀着振兴民族文化、献身民族文化事业的理想，只身前往东京，寄居在金田一京助家。同年 8 月，心脏病发作，9 月 18 日，因心肌梗死

去世。

1923年8月，知里幸惠编译的《阿依努神谣集》出版发行。

知里幸惠被称为阿依努族的"天才少女"，18岁便立志将自己的人生奉献给阿依努文化传承事业，呼吁振兴、抢救即将消失的阿依努语和阿依努文化。

20世纪初，由于日本政府推行严格的同化政策，日本社会优胜劣汰、适者生存的错误思潮风行，阿依努人在各种场合均受到歧视，而知里幸惠则认为阿依努民族和日本人（大和民族）、阿依努语和日语、阿依努文化和日本文化处于平等地位，坚持以阿依努人的身份进行创作活动。其行动广泛促成了阿依努人思想转变和阿依努人的民族觉醒，并直接影响了其弟知里真志保的人生轨迹。知里真志保随后在语言学、阿依努语学领域取得了相当大的成就，并成为第一位阿依努人博士、大学教授。自知里幸惠之后，阿依努民族的仁人志士，包括诗人森竹竹市、违星北斗和Batchelor八重子等人在内，开始厉行实践，投身于阿依努文化的传承事业当中。

3. 关于神谣和《阿依努神谣集》

神谣是阿依努民族众多口述文学当中的一种，篇幅上相对较短，歌唱演说时带有节拍，另外附有节拍引句（阿依努语

Sakehe）。附属的节拍引句是神谣区别于阿依努其他口述文学作品的最明显的特征。有时出现在全部句子之前，有时出现在全部句子之后，或只插入在特定的句子当中，或演说时临时起意，随意插入。

节拍引句因所述神灵的不同而不同，大都模仿相应神灵的特征性鸣叫，或形态特征和动作特征。一般情况下，阿依努人听到节拍引句，就明白是哪种神灵在讲故事。下面以《阿依努神谣集》第一篇"猫头鹰之神自述的谣曲"的开头部分为例进行说明。经过知里幸惠编译后，阿依努语原文的前四行是这样的：

"Shirokanipe ranran pishkan, konkanipe ranran pishkan." arian rekpo chiki kane petesoro sapash aine, ainukotan enkashike chikush kor shichorpokun inkarash ko

但是，在实际歌唱演说时，按照阿依努语的语感节拍，加上节拍引句之后，应该这样的（注：关于此处是否为节拍引句，业界还有争论）：

"Shirokanipe ranran **pishkan**,

Konkanipe ranran **pishkan**."

arian rekpo **pishkan**

chiki kane **pishkan**

petesoro **pishkan**

sapash aine, **pishkan**

ainukotan **pishkan**

enkashike **pishkan**

chikush kor **pishkan**

shichorpokun **pishkan**

inkarash ko **pishkan**

此处粗体部分 pishkan，即为本篇的节拍引句。而这个 pishkan 是周围旋转的意思，可能是模仿猫头鹰飞翔的形态。而第二篇"狐狸之神自述的谣曲"中的节拍引句则为 towa towa to，这可能是在模仿狐狸走在石头路上的声音，意为拟声的"咔啦咔啦"或拟态的"赶啊赶啊赶"。

神谣一般使用阿依努语的"雅言（不同于口语）"，以 4~5 个音节为单位，采用对偶、排比等修辞手法。内容上，神谣一般是神灵（动物或者人神等）以第一人称的形式讲述自己所经历的故事，讲述完成之后，回到现实场景，以"ari+ 某某神灵就讲述完毕了"之类的语句收尾。

《阿依努神谣集》第一版由乡土研究社于1923年出版，是首部由阿依努人采用罗马字撰写阿依努族故事的作品，堪称阿依努文学的奠基之作。此作品一共收录了神谣13篇，形式上由阿依努语原文、日语翻译和日语序文组成，阿依努语原文自不必说，因其口述文学的特点，辞藻华丽，音节整齐。日语翻译和日语序文部分，读起来韵律优美，简洁流畅，朗朗上口，诗意盎然，深受日本读者的喜爱。特别是自岩波书店1978年出版文库版以来，《阿依努神谣集》一版再版，历久不衰，成为岩波书店出版书目中销量最大的书籍之一。《阿依努神谣集》中所蕴含的友爱互助、善恶因果、尊重自然、常怀敬畏等思想，至今依然持续地影响着世人。

目前，《阿依努神谣集》已被翻译成英语、法语、葡萄牙语、俄语、德语、世界语等多种语言。它能够得到多国译者的青睐，从文学普遍性的角度来说，其中不仅包含了对少数民族文化的关注和尊重，也说明《阿依努神谣集》确实描述了人类共通的文学原风景。

近年来，《阿依努神谣集》以及编译者知里幸惠受到了社会的广泛关注，被各大媒体争相报道。《阿依努神谣集》的节选内容以及编译者传记屡次被选入日本中学教材。《阿依努神谣集》原稿笔记资料也在2010年被列为北海道重要文化遗产。

2023年6月　译者

目 录
CONTENTS

001 / 导读

001 / 日语译文版本信息说明

002 / 序（日文）

003 / 序（中文）

008 / 梟（ふくろう）の神の自ら歌った謡（うたい）
　　「銀の滴（しずく）降る降るまわりに」

009 / 猫头鹰之神自述的谣曲
　　"银之水精降落，降落身旁"

038 / 狐が自ら歌った謡
　　「トワトワト」

039 / 狐狸自述的谣曲
　　"赶啊赶啊赶"

056 / 狐が自ら歌った謡

　　「ハイクンテレケ　ハイコシテムトリ」

057 / 狐狸自述的谣曲

　　"海昆泰鲁凯，海考西泰穆图利"

072 / 兎が自ら歌った謡

　　「サンパヤ　テレケ」

073 / 兔子自述的谣曲

　　"萨姆帕亚　泰鲁凯"

084 / 谷地の魔神が自ら歌った謡

　　「ハリッ　クンナ」

085 / 湿地魔神自述的谣曲

　　"哈利特　昆纳"

094 / 小狼の神が自ら歌った謡

　　「ホテナオ」

095 / 小狼神自述的谣曲

　　"豪泰纳奥"

102 / 梟の神が自ら歌った謡

　　「コンクワ」

103 / 猫头鹰之神自述的谣曲

　　"孔库瓦"

116 / 海の神が自ら歌った謡

　　「アトイカトマトマキ　クントテアシ　フムフム！」

117 / 海之神自述的谣曲

　　"阿推卡　陶玛陶玛基，昆图泰阿西　弗姆弗姆！"

138 / 蛙が自らを歌った謡

　　「トーロロ　ハンロク　ハンロク！」

139 / 蛤蟆自述的谣曲

　　"沼泽中，坐定，坐定！"

144 / 小オキキリムイが自ら歌った謡

　　「クツニサ　クトンクトン」

145 / 小奥基库鲁米自述的谣曲

　　"库图尼萨　库通库通"

148 / 小オキキリムイが自ら歌った謡

　　「この**砂赤い赤い**」

149 / 小奥基库鲁米自述的谣曲

　　"这沙子　红啊　红啊"

156 / 獺（かわうそ）が自ら歌った謡

　　「カッパ　レウレウ　カッパ」

157 / 水獭自述的谣曲

　　"扁平头　停下　停下　扁平头"

164 / 沼貝（ぬまがい）が自ら歌った謠

　　「トヌペカ　ランラン」

165 / 河蚌自述的谣曲

　　"那眼泪也簌簌"

170 / 参考文献

172 / 致谢

日语译文版本信息说明

底本：
  本书转载日文译文时，依据了以下2种底本。其中，乡土研究社版《阿依努神谣集》的日文，使用旧体汉字和假名印刷，岩波书店版《阿依努神谣集》则使用现代日语进行了重新表记。本书在确认乡土研究社出版的原书内容的基础上，基本按照岩波书店版的表记进行了转载。

『アイヌ神謡集』郷土研究社　　　1923年8月10日発行
『アイヌ神謡集』岩波書店　　　　1978年8月16日第1刷発行
　　　　　　　　　　　　　　　　2016年4月2日第55刷発行

日文汉字：
  在转载上述日文译文的基础上，中文译者对日文生僻汉字进行了注音，注音置于首出字之后的括号内，例如："滴（しずく）"，"獺（かわうそ）"。（请留意，并不是所有括号内的内容都是日文注音）
  对于特别生僻、印刷不便的日文汉字，中文译者将其改为现代日语中通用的汉字表记，例如："窗"→"窓（まど）"，"樌"→"楫（かじ）"。

注释：
  为了反映原著的风貌，本书保留了原著的所有注释。原著中的注释，都标记在用罗马字书写的阿依努语原文中，中文译者转载这些注释时，将其内容移到了日文译文的相对应之处。以上转载、注音、表记更改、注释对应中出现的偏误，责任均归于中文译者。

序（日文）

　その昔この広い北海道は，私たちの先祖の自由の天地でありました．天真爛漫な稚児の様に，美しい大自然に抱擁されてのんびりと楽しく生活していた彼等は，真に自然の寵児，なんという幸福な人だちであったでしょう．

　冬の陸には林野をおおう深雪を蹴って，天地を凍らす寒気を物ともせず山又山をふみ越えて熊を狩り，夏の海には涼風泳ぐみどりの波，白い鷗の歌を友に木の葉の様な小舟を浮べてひねもす魚を漁り，花咲く春は軟らかな陽の光を浴びて，永久に囀（さえ）ずる小鳥と共に歌い暮して蕗（ふき）とり蓬（よもぎ）摘み，紅葉の秋は野分に穂揃うすすきをわけて，宵まで鮭とる篝（かがり）も消え，谷間に友呼ぶ鹿の音を外に，円（まど）かな月に夢を結ぶ．嗚呼（ああ）なんという楽しい生活でしょう．平和の境，それも今は昔，夢は破れて幾十年，この地は急速な変転をなし，山野は村に，村は町にと次第々々に開けてゆく．

序（中文）

往昔之时，这广阔的北海道，曾是我们祖先自由的天地。他们就如天真烂漫的孩童，被美丽的大自然所拥抱，悠闲而快乐地生活着。他们真是自然的宠儿，他们曾经该是多么幸福。

在冬日的大地上，他们蹚开覆盖林野的深雪，不顾冻彻天地之寒冷，穿越一座座大山，追踪狩猎棕熊；在夏日的海面上，他们伴着凉风习习的绿波，饶以白鸥之歌为挚友，驾驶着一叶扁舟，终其一日捕鱼；在百花绽放之春，他们浑身沐浴和煦的阳光，会同啼啭不歇的小鸟，日日歌唱着生活，采摘艾蒿款冬；在红叶连绵之秋，他们顶风拨开扬花的芦苇，当深夜捕鲑篝火燃尽，听山外呦呦鹿鸣，随着圆月入梦。啊啊，这是何等逍遥的生活！和平的国度，已然成为往昔，美梦，几十年来业已化作泡影！北海道快速变迁，曾经的山野渐渐变成村庄，旧日的村庄逐渐扩展为城市。

太古ながらの自然の姿も何時の間にか影薄れて，野辺に山辺に嬉々として暮していた多くの民の行方も亦いずこ．僅かに残る私たち同族は，進みゆく世のさまにただ驚きの眼をみはるばかり．しかもその眼からは一挙一動宗教的感念に支配されていた昔の人の美しい魂の輝きは失われて，不安に充ち不平に燃え，鈍りくらんで行手も見わかず，よその御慈悲にすがらねばならぬ，あさましい姿，おお亡びゆくもの……それは今の私たちの名，なんという悲しい名前を私たちは持っているのでしょう．

　その昔，幸福な私たちの先祖は，自分のこの郷土が末にこうした惨めなありさまに変ろうなどとは，露ほども想像し得なかったのでありましょう．

　時は絶えず流れる，世は限りなく進展してゆく．激しい競争場裡に敗残の醜をさらしている今の私たちの中からも，いつかは，二人三人でも強いものが出て来たら，進みゆく世と歩をならべる日も，やがては来ましょう．それはほんとうに私たちの切なる望み，明暮（あけくれ）祈っている事で御座います．

不知何时，太古之时的自然风貌已剩残影，曾经比山邻野，嘻嘻而居的众多乡民，亦不知所踪。仅余的我之同胞，对这日新月异的世界，只能惊奇地睁大眼睛。这些眼中已然失去了古人灵魂的光辉，那一举一动都融入宗教观念的，美丽灵魂的光辉；这些眼中充满不安，透着不满；这些眼睛目光呆滞，毫无方向，只能向邻人祈求哀怜。悲惨的身影，噢噢，即将灭亡的族类……这就是我们如今之名，这名字令人何其可悲可伤！

往昔之日，我们幸福的祖先，定然丝毫未曾料到，他们的这片故土到头来竟会变成如此凄惨的模样。

时光流转不止，社会无限发展。在激烈的竞技场里落败，如今狼狈不堪的我族当中，倘若何时能涌现几位贤达，我族与进步社会同行之日，亦将不远矣。这是我们热切的期望，也是我们旦暮的祈求。

けれど……愛する私たちの先祖が起伏（おきふ）す日頃互いに意を通ずる為に用いた多くの言語，言い古し，残し伝えた多くの美しい言葉，それらのものもみんな果敢なく，亡びゆく弱きものと共に消失せてしまうのでしょうか．おおそれはあまりにいたましい名残惜しい事で御座います．

　アイヌに生れアイヌ語の中に生いたった私は，雨の宵，雪の夜，暇ある毎に打集って私たちの先祖が語り興じたいろいろな物語の中極く小さな話の一つ二つを拙ない筆に書連ねました．

　私たちを知って下さる多くの方に読んでいただく事が出来ますならば，私は，私たちの同族祖先と共にほんとうに無限の喜び，無上の幸福に存じます．

　　　　　　　　　　　　　　　一九二二年三月一日

　　　　　　　　　　　　　　　　　知里幸惠

然而……我们敬爱的祖先，于日常起居中互通心意所使用的众多言语、古训，所传承的众多美辞丽句，也会随我们这些即将灭亡的弱者，一并徒然消散亡去吧。啊，这将是多么令人痛心、令人惋惜之事。

我生在阿依努人家，成长于阿依努语环境当中。雨之暮，雪之夜，我们的祖先每值闲暇便聚在一起。我用我拙劣的文笔，从他们激情演绎的各类故事当中，摘录下了几个极短的篇章。

如若听闻过我族事迹的众位朋友，能够将此书一过尊目，我和我族的祖先便觉无限欢欣、无上幸福了。

1922 年 3 月 1 日

知里幸惠

梟（ふくろう）の神の自ら歌った謡（うたい）
「銀の滴（しずく）降る降るまわりに」

「銀の滴降る降るまわりに，金の滴

降る降るまわりに．」という歌を私は歌いながら

流に沿って下り，人間の村の上を

通りながら下を眺めると

昔の貧乏人が今お金持になっていて，昔のお金持が

今の貧乏人になっている様です．

海辺に人間の子供たちがおもちゃの小弓 ① に

おもちゃの小矢をもってあそんで居ります．

「銀の滴降る降るまわりに

金の滴降る降るまわりに．」という歌を

歌いながら子供等の上を

通りますと，（子供等は）私の下を走りながら

---

　　① 昔は男の子が少し大きくなると，小さい弓矢を作って与えます．子供はそれで樹木や鳥などを的に射て遊び，知らずしらずの中に弓矢の術に上達します．

　　ak は弓術，shinot は遊戯，ponai は小矢．

猫头鹰之神自述的谣曲
"银之水精降落,降落身旁"

"银之水精降落,降落身旁;金之水精
降落,降落身旁。"我唱着此曲,
顺着河流而下,经过人类的村庄上。
当我向下眺望,
昔日的穷人,如今变成了富人的模样;
昔日的富人,如今变成了穷人的模样。
大海边上,人类的孩子们,手持玩具弓①,
手持玩具箭,正彼此嬉戏耍玩。
"银之水精降落,降落身旁;
金之水精降落,降落身旁。"唱着此曲,
当我飞过他们头顶之上,
孩子们在我下方,奔跑着,

---

① 古时候,男童稍长,便与之小弓小箭。儿童使之射树、射鸟玩耍,不知不觉便箭术娴熟了。

ak 意为弓箭之术,shinot 意为游戏,ponai 意为小箭。

云うことには，

「美しい鳥！ 神様の鳥！

さあ，矢を射てあの鳥

神様の鳥を射当てたものは，一ばんさきに取った者は

ほんとうの勇者，ほんとうの強者だぞ．」

云いながら，昔貧乏人で今お金持になってる者の

子供等は，金の小弓に金の小矢を

番（つが）えて私を射ますと，金の小矢を

私は下を通したり上を通したりしました．

その中に，子供等の中に

一人の子供がただの（木製の）小弓にただの小矢

を持って仲間にはいっています．私はそれを見ると

貧乏人の子らしく，着物でも

それがわかります．けれどもその眼色[①]を

よく見ると，えらい人の子孫らしく，一人変り

者になって仲間入りをしています．自分もただの小弓に

ただの小矢を番えて私をねらいますと，

---

① shiktumorke：眼つき．
　人の素性を知ろうと思う時は，その眼を見ると一ばんよくわかると申しまして，少しキョロキョロしたりすると叱られます．

如此喧嚷：

"美丽的神鸟，圣洁的神鸟，

快呀！快呀！谁能射下那只神鸟，

并率先捡到，

谁就是，真的勇，真的强！"

说着，彼时贫苦、现今富足之人的孩子们

将小金箭搭在小金弓上，

竞相向我射来。我便让那些小金箭，

飞过我的上方，飞过我的下方。

此时，孩子们之中有一人，拿着

普通的小箭，普通的（木制）小弓，

杂立其中。我观察其情：

这该是穷人的孩子，看穿着，

便不言自明。但是仔细观察，

那眼眸① 深处，他分明是贤者的子孙，

如今杂在众人之中，殊然不群。他也将普通的小箭

搭在普通的小弓上，认真向我瞄准。

---

① shiktumorke：眼神。

据说，想要知道一个人的本性，只要观察他的眼睛就能猜出。眼珠转来转去，飘忽不定的话，就会受到斥责。

昔貧乏人で今お金持の子供等は大笑いをして
云うには,
「あらおかしや① 貧乏の子
あの鳥,神様の鳥は私たちの
金の小矢でもお取りにならない② ものを,お前の様な
貧乏な子のただの矢腐れ木の矢を
あの鳥,神様の鳥がよくよく
取るだろうよ.」
と云って,貧しい子を足蹴にしたり
たたいたりします.けれども貧乏な子は
ちっとも構わず私をねらっています.
私はそのさまを見ると,大層不憫に思いました.
「銀の滴降る降るまわりに,
金の滴降る降るまわりに.」という歌を
歌いながらゆっくりと大空に
私は輪をえがいていました.貧乏な子は

---

　　① achikara:「汚い」という意味.
　　② 鳥やけものが人に射落されるのは,人の作った矢が欲しいので,その矢を取るのだと言います.

于是，彼穷现富的、富人的孩子们，一起嘲笑，

如此喊道：

"哎哟，臭狗屎①，穷鬼的孩子

那只神鸟，圣洁的神鸟，我等这些人的

黄金之箭，它尚且不要②；你这种

穷鬼孩子的、普通之箭，腐朽的木箭

那只神鸟，圣洁的神鸟，

它怎会轻易取要？"

说着，他们便对穷人之子，一番拳打

一番脚踢。但是穷人的孩子

丝毫也不在意，继续向我射击。

见此情景，我心生哀怜之情。

"银之水精降落，降落身旁；

金之水精降落，降落身旁。"我唱着

此曲，悠悠地盘旋在

神之高天上。那穷人的孩子

---

① achikara：肮脏的意思。

② 据说，鸟兽被人射下时，是因为鸟兽想得到人类制作的箭，才用手抓住箭。

片足を遠く立て片足を近くたてて，

下唇をグッと噛みしめて，ねらっていて

ひょうと射放しました．小さい矢は美しく飛んで

私の方へ来ました，それで私は手を

差しのべてその小さい矢を取りました．

クルクルまわりながら私は

風をきって舞い下りました．

すると，彼（か）の子供たちは走って

砂吹雪をたてながら競争しました．

土の上に私が落ちると一しょに，一等先に

貧乏な子がかけついて私を取りました．

すると，昔貧乏人で今は金持になってる者の

子供たちは後から走って来て

二十も三十も悪口をついて

貧乏な子を押したりたたいたり

「にくらしい子，貧乏人の子

私たちが先にしようとする事を先がけしやがって．」

と云うと，貧乏な子は，私の上に

おおいかぶさって，自分の腹にしっかりと私を押えていました．

一脚立于前,一脚蹬在后,

紧咬下唇,认真瞄准,

向我放箭,那小箭飞来,

闪着光和影!于是我

伸出双手,将那支小箭抓在手中,

开始旋转翻腾。我跌落下去,

耳边风声,呼呼四起。

此时,那些孩子,竞相奔跑,

争相为我而来,身后激起尘土飞扬。

当我落到地面上,这当口

穷人之子率先跑到,将我抢起。

紧接着,彼穷现富的、富人的孩子们,

从后面追着跑来,将穷人之子,

推来推去,殴打不已。

满口污言秽语,不停谩骂道

"下贱骨头,

做事竟敢抢到我们前面去。"

而穷人之子,将我紧紧,

压在身底,抱在怀里。

もがいてもがいてやっとの事，人の隙から

飛び出しますと，それから，どんどんかけ出しました．

昔は貧乏人で今は金持の子供等が

石や木片を投げつけるけれど

貧乏な子はちっとも構わず

砂吹雪をたてながらかけて来て一軒の小屋の

表へ着きました．子供は

第一の窓から私を入れて，それに

言葉を添え，斯々（かくかく）のありさまを物語りました．

家の中から老夫婦が

眼の上に手をかざしながらやって来て

見ると，大へんな貧乏人ではあるけれども

紳士らしい淑女らしい品をそなえています，

　私を見ると，腰の央（なか）をギックリ屈めて，ビックリしました．

　老人はキチンと帯をしめ直して，

　私を拝し

「ふくろうの神様，大神様，

貧しい私たちの粗末な家へ

お出で下さいました事，有難う御座います．

相持许久，他才嗖的一下，

从人缝中钻出，立刻飞奔而去。

彼穷现富的、富人的孩子们，

纷纷向其投掷石块和木棍，

然而，穷人之子毫不在意，

一路扬起沙尘，飞奔而来，

来到一间小屋之外。那孩子

将我从东边的窗户，放进屋子里，

与此同时，口中讲着，如此这般狩猎的经历。

从屋子里，走出一对老夫妇，

他们边走边将手搭在额前，放高，放低。

我顺眼看去，他们真是贫穷至极，

然而，脸上却显出绅士之风，淑女之容。

见到我，他们立刻弓背屈膝。

老绅士重新系紧腰带，

向我叩拜。

"猫头鹰之神，尊崇之神，

我家室无长物，甚是穷困，

您的降临，我等深感厚恩。

昔は，お金持に自分を数え入れるほどの者で

御座いましたが今はもうこの様に

つまらない貧乏人になりまして，国の神様①

大神様をお泊め申すも

畏れ多い事ながら今日はもう

日も暮れましたから，今宵は大神様を

お泊め申し上げ，明日は，ただイナウだけでも

大神様をお送り申し上げましょう。」という事を

申しながら何遍も何遍も礼拝を重ねました．

老婦人は，東の窓の下に

敷物をしいて私をそこへ置きました．

それからみんな寝ると直ぐに高いびきで

寝入ってしまいました．

私は私の体の耳と耳の間に坐って

いましたがやがて，ちょうど，真夜中時分に

---

① kotankorkamui：国または村を持つ神．
　山には，nupurikorkamui——山を持つ神（熊）と nupuripakorkamui——山の東を持つ神（狼）などがあって，ふくろうは熊，狼の次におかれます．
　kotankorkamui は山の神，山の東の神，の様に荒々しいあわて者ではありません．それでふだんは沈（おち）着いて，眼をつぶってばかりいて，よっぽど大変な事のある時でなければ眼を開かないと申します．

旧年间，我也算得上，

富户权宰，现如今，却如此这般，

穷困艰辛。村庄之神①，

尊崇之神，让您在此止宿，

我等甚是怠慢，但今日此时，

天亦昏暮，尊神今晚暂且留宿，

我等明日，即使仅仅使用神幡，

也要将您，送回到神之国度。"说着，

二十拜，三十拜，向我叩拜甚笃。

老妇人则在东窗之下，

铺好祭祀用的席垫，将我放在了上面。

之后，大家睡下，立刻打起鼻鼾，

鼾声连绵。

我坐在自己身体之上，两耳之间，

过了许久，到了子夜时分，

---

① kotankorkamui：护国之神，村庄之神。

山中有 nupurikorkamui——守山之神（熊），nupuripakorkamui——守山东之神（狼）等，猫头鹰居于熊、狼之次。

据说，kotankorkamui 并不像山之神、山东之神那样暴躁气短，平时沉着冷静，基本都闭着眼，没有特别重要的事情，不会睁开眼睛。

起き上りました．

「銀の滴降る降るまわりに，

金の滴降る降るまわりに．」

という歌を静かにうたいながら

この家の左の座[①]へ右の座[②]へ

美しい音をたてて飛びました．

私が羽ばたきをすると，私のまわりに

美しい宝物，神の宝物が美しい音をたてて

落ち散りました．

一寸のうちに，この小さい家を，りっぱな宝物

神の宝物で一ぱいにしました．

「銀の滴降る降るまわりに，

金の滴降る降るまわりに．」

という歌をうたいながらこの小さい家を

---

① eharkiso：左の座．

② eshiso：右の座．

家の央に囲炉裏（いろり）があって，東側の窓のある方が上座，上座から見て右が eshiso 左が harkiso．上座に坐るのは男子に限ります．お客様などで，家の主人よりも身分の卑しい人は上座につく事を遠慮します．右の座には主人夫婦がならんですわる事にきまっています．右座の次が左の座で，西側（戸口の方）の座が一ばん下座になっています．

我便起身,

"银之水精降落,降落身旁;

金之水精降落,降落身旁。"

我轻轻地唱着此曲,

沙沙,跳到这小屋左边的座位上①,

沙沙,跳到这小屋右边的座位上②。

当我扇动翅膀,我的周围,

美丽奇珍,神之异宝,散落之声

铿铿锵锵!

眨眼之间,我用美丽奇珍,

神之异宝,将这小屋填满。

"银之水精降落,降落身旁;

金之水精降落,降落身旁。"

我唱着此曲,将这小小的屋子

---

① eharkiso:左边的座位。
② eshiso:右边的座位。

一般房屋的中间都有一个围炉,围炉东侧有窗户的地方是上座,以上座方向往下看,右边为 eshiso,左边为 harkiso。上座只有男子可以就座。客人等,比此家主人身份低的人,会避免坐在上座。右边的座位一般是主人夫妇并排而坐的地方。按座次来讲,右座下面是左座,西侧(门口边上)的座位是最低等级的下座。

一寸の間にかねの家，大きな家に
作りかえてしまいました，家の中は，りっぱな宝物の積場
を作り，りっぱな着物の美しいのを
早つくりして家の中を飾りつけました．
富豪の家よりももっとりっぱにこの大きな家の
中を飾りつけました．私はそれを終ると
もとのままに私の冑①の
耳と耳の間に坐っていました．
家の人たちに夢を見せて
アイヌのニシパが運が悪くて貧乏人になって
昔貧乏人で今お金持になっている者たちに
ばかにされたりいじめられたりしてるさまを私が見て
不憫に思ったので，私は身分の卑しいただの神では
ないのだが，人間の家
に泊って，恵んでやったのだという事を

---

① hayokpe：冑．
　鳥でもけものでも山にいる時は，人間の目には見えないが，各々に人間の様な家があって，みんな人間と同じ姿で暮していて，人間の村へ出て来る時は冑を着けて出て来るのだと云います．そして鳥やけものの屍体は冑で本体は目には見えないけれども，屍体の耳と耳の間にいるのだと云います．

瞬间变成了，华丽而雄伟的模样。

施展完，我在此家中，做一处豪华宝坛，

又赶制顶级华服盛装，

将屋内装饰一番。

我在这雄伟的屋子里，极尽装饰之能，

使其远胜过豪富家中。待一切施展完，

我若无其事地，坐回我甲胄①的

耳朵与耳朵之间。

我托梦给这屋里的人们：

人类的贤者，时运不济，潦倒困顿，

被那彼时贫苦、现今富足之人，

嘲笑欺凌，我每每看到，

便无限悲悯。我不是身份低微的

微末之神，住在人类的家里，

就要给予神恩，我将如此这般之事，

---

① hayokpe：甲胄。

据说无论是飞鸟还是走兽，在山中生活时，外表和人类一样，也都各有人类一样的房子，只是人类看不见他们。当他们来人间的时候，就会穿上甲胄。另外，因为甲胄，从鸟兽的尸体上，人类看不到鸟兽本尊，其本尊在尸体的耳朵与耳朵之间。

知らせました．

それが済んで少したって夜が明けますと

家の人々が一しょに起きて

目をこすりこすり家の中を見るとみんな

床の上に腰を抜かしてしまいました．老婦人は

声を上げて泣き，老人は

大粒の涙をポロポロこぼして

いましたが，やがて，老人は起き上り

私の処へ来て，二十も三十も礼拝

を重ねて，そして云う事には，

「ただの夢ただの眠りをしたのだと

思ったのに，ほんとうに，こうしていただいた事．

つまらないつまらない①，私共の粗末な家に

お出で下さるだけでも有難く存じますものを

国の神様，大神様，私たちの不運な

事を哀れんで下さいまして

---

① otuipe：尻の切れた奴．
犬の尻尾の切れた様に短いのはあまり尊びません．
極くつまらない人間の事を wenpe：悪い奴，otuipe：尻尾の切れた奴と悪口をします．

托梦传达给他们。

接下来不久,天开始泛亮。

屋里的人们,同时起床。

他们揉揉眼睛,相看家中,

继而全都瘫坐在地上。老妇人

几度哽咽,号啕大哭,老绅士

白珠清泪,簌簌滚下面庞。

过了许久,老绅士站起身来,

走到我身边,二十次,三十次,

反复礼拜,继而说道:

"我以为,这仅仅是个睡梦,

没想到,您让这一切成真。

破落的、残败的①,我等落败之家,

您单是不吝光顾,我等已然感激万分。

村庄之神,尊崇之神,我等命运不济,

您心生怜悯,

---

① otuipe:尾巴断掉的家伙。
就像断了尾巴的狗一样,短尾狗算不上尊贵。
极坏的人,阿依努语骂其为 wenpe:恶人,otuipe:尾巴断掉的家伙。

お恵み①のうちにも最も大きいお恵みをいただき
ました事.」と云う事を泣きながら
申しました.
それから，老人はイナウの木をきり
りっぱなイナウを美しく作って私を飾りました.
老婦人は身仕度をして
小さい子を手伝わせ，薪をとったり
水を汲んだりして，酒を造る仕度をして，一寸の間に
六つの酒樽を上座にならべました.
それから私は火の老女②，老女神と
種々な神の話を語り合いました③.

---

　①　chikashnukar：神が大へん気に入った人間のある時，ちっとも思いがけない所へ，その人間に何か大きな幸を恵与すると，その人は ikashnukar an と云ってよろこびます.

　②　apehuchi：火の老女．火の神様は，家の中で最も尊い神様でおばあさんにきまっています．山の神や海の神，その他種々な神々がこのふくろうの様にお客様になって，家へ来た時は，この apehuchi が主になって，お客のお相手をして話をします．ただ kamuihuchi（神老女）と云ってもいい事になっています.

　③　neusar：語り合う事.
　種々な世間話を語り合うのも neusar．普通 kamuiyukar（神謡）や uwepeker（昔譚）の様なものを neusar と云います.

又暗中施以，至高之神恩①。"

说着，又一番哭，

又一番拜。

接着，老绅士砍来神幡之树，

精心制成美丽的神幡，将我装饰起来。

老妇人重新系紧腰带，

让少年也来帮手，砍柴，

打水，为酿酒做准备。眨眼之间，

上座处，便摆上了六个酒坛。

接着，我同火神老太婆②，相互间

谈说了种种神仙之事③。

---

① chikashnukar：某位神灵如果特别中意某个人，就会在其意想不到的地方（方式），给予那个人某种特别大的恩惠，于是那个人就会说着 ikashnukaran，欢欣异常。

② apehuchi：火之老婆婆。火神是屋子里最尊贵的神祇，是位老婆婆。山之神，海之神，其他各类神祇，像这个猫头鹰之神一样，来到家里做客时，主要由 apehuchi 接待，陪着说话。另外，习惯上也可称其为 kamuihuchi（神之老婆婆）。

③ neusar：指互相交谈。

说些家长里短的，也可以叫 neusar。正常情况下，kamuiyukar（神谣）和 uwepeker（故事传说）类的，叫 neusar。

二日程たつと，神様の好物ですから

はや，家の中に酒の香が

漂いました．

そこで，あの小さい子に態（わざ）と

古い衣物を着せて，村中の

昔貧乏人で今お金持になっている人々を

招待する①ため使いに出してやりました．ので

後見送ると，子供は家毎に

入って使いの口上を述べますと

昔貧乏人で今お金持になっている人々は

大笑いをして

「これはふしぎ，貧乏人どもが

どんな酒を造ってどんな

御馳走があってそのため人を招待するのだろう，

行ってどんな事があるか見物して

笑ってやりましょう．」と

言い合いながら大勢打ち連れて

---

① ashke a uk: ashke は指，手．a uk は取る．なにか祝いがあるとき人を招待する事を云います．

神灵对酒尤为中意,于是,约莫过了两日,

满屋当中,

便酒香四溢。

此时,我让那少年故意,

将旧时衣物穿起,为了招待① 那些村庄里,

彼时贫苦、现今富足的村民们,

我把少年派了出去。

我看着少年离去,走进每家每户,

传达了所来之意。

彼时贫苦、现今富足的村民们

都大笑不已:

"真是出奇!穷人聊是无趣,

酿了什么酒,摆了什么宴,

说是要招待人出席!

我们一起,过去看个究竟,

大家乐乐也可以。"

众人彼此说着,成群结队而来。

---

① ashke a uk:ashke 是手、手指的意思,a uk 是取、拿的意思。合起来指有什么喜事,招待别人的意思。

やって来て，ずーっと遠くから，ただ家を見ただけで

驚いてはずかしがり，そのまま帰る者もあります，

家の前まで来て腰を抜かしているのもあります．

すると，家の夫人が外へ出て

人皆の手を取って家へ入れますと，

みんないざり這いよって

顔を上げる者もありません．

すると，家の主人は起き上って

カッコウ鳥の様な美しい声①で物を言いました．

斯々の訳を物語り

「この様に，貧乏人でへだてなく

互に往来も出来なかったのだが

大神様があわれんで下され，何の悪い考えも

私どもは持っていませんのでしたのでこの様に

お恵みをいただきましたのですから

今から村中，私共は一族の者

---

① kakkokhau：カッコウ鳥の声．
　カッコウ鳥の声は，美しくハッキリと耳に響きますから，ハキハキとしてみんなによくわかるように物を云う人の事をカッコウ鳥の様だと申します．

其中有些人，只远远地望见房子，

就惊奇不已，继而羞愧，立即折返回去。

另外有些人，来到房子前面，便瘫坐在地。

这时，房子的女主人走出来，

拉起村民们的手，让其进到房子里。

众人无不，匍匐进去，

没有人敢，把头抬起。

此时，房子的男主人，站起身来，

用布谷鸟般嘹亮之声①，向大家言语，

如此，如此，讲起本意。

"因我是，如此贫困之人，

未能与，大家亲睦往来，

现如今，尊崇之神怜悯，

皆因我，本无不良之心，

便如此，给予许多神恩；

从今往后，我等一村人，

---

① kakkokhau：布谷鸟的叫声。

布谷鸟的叫声听起来清澈优美，所以一般都将讲话清晰、易懂的人比作布谷鸟。

なんですから，仲善くして
互に往来をしたいという事を皆様に
望む次第であります．」という事を
申し述べると，人々は
何度も何度も手をすりあわせて
家の主人に罪を謝し，これからは
仲よくする事を話し合いました．
私もみんなに拝されました．
それが済むと，人はみな，心が柔らいで
盛んな酒宴を開きました．
私は，火の神様や家の神様① や
御幣（ごへい）棚の神様② と話し合いながら

---

　① chisekorkamui：家を持つ神．
　火の神が主婦で，家の神が主人の様なものです．男性でchisekorekashi……家を持つおじいさんとも申します．
　② nusakorkamui：御幣棚を持つ神，老女．
　御幣棚の神も女性にきまっています．何か変事の場合人間にあらわれる事がありますが，その時は蛇の形をかりてあらわれると云います．それで御幣棚の近所に，または東の方の窓の近所に，蛇が出て来たりすると，「きっと御幣棚のおばあさんが用事があって外出したのだろう」と言って，決してその蛇を殺しません．殺すと罰が当りますと云います．

既然为同族，彼此多来往，

邻里相友善，众位应如此，

此实为我愿。"

男主人以此，说服众村民，

众乡邻便不断，依礼摩挲掌面①，

向男主人道歉。众人同意，

从今彼此，和睦亲善。

我也得到众人的拜见。

于是，众人欢欣愉悦，

开始盛大的酒宴。

我与火之老女神，房屋之神②

祭坛老女神③，闲谈阔论。

---

① 译者注：阿依努表达尊敬的一种方式，两手向前伸出，掌面并起，前后揉搓，然后两手放平，手心向上，上下移动。

② chisekorkamui：房屋之神。

火之神是主妇，房屋之神就相当于家主。因其为男性，也称之为chisekorekashi，即守护房屋的爷爷。

③ nusakorkamui：祭坛之神，老婆婆。

祭坛之神也是位女性。如果有什么异常之事，她有时候会变幻成人类，这种情况下，据说她会借助蛇的外形出现。所以，祭坛周边或者东边的窗户附近，如果有蛇出没，人们会说"应该是祭坛老婆婆有事外出了"，因此不会杀死那条蛇。如果杀死它，据说会受到惩罚。

人間たちの舞を舞ったり躍りをしたりするさまを

眺めて深く興がりました．そして

二日三日たつと酒宴は終りました．

人間たちが仲の善いありさまを

見て，私は安心をして

火の神，家の神

御幣棚の神に別れを告げました．

それが済むと私は自分の家へ帰りました．

私の来る前に，私の家は美しい御幣

美酒が一ぱいになっていました．

それで近い神，遠い神に

使者をたてて招待し，盛んな酒宴を

張りました，席上，神様たちへ

私は物語り，人間の村を訪問した時の

その村の状況，その出来事を詳しく話しますと

神様たちは大そう私をほめたてました．

神様たちが帰る時に美しい御幣を

二つやり三つやりしました．

彼のアイヌ村の方を見ると，

今はもう平穏で，人間たちは

望着人们，踢踢踏踏而舞，

我们露出欢颜。

经过几日，酒宴结束，

人们仿佛已然相互友善。

我见此情景，便觉心安，

向火之老女神，房屋之神

祭坛老女神，一一辞行。

然后回到自己家中。

到家之前，我的家里，已经摆满，

醇香的美酒，美丽的神幡。

于是，远处的神灵，近处的神灵，

我派出使者，招呼而来，举行盛大的酒宴。

酒席上，我向众位神灵通报，

我视察了人类的村庄，详细说明

村庄的状况，所做的事项，

受到诸神的赞扬。

众神返家之际，我让他们将许多，

美丽的神幡带上。

当我眺望那人类的村庄，

那里如今，已然平静安详，村民们

みんな仲よく，彼のニシパが
村に頭になっています，
彼の子供は，今はもう，成人
して，妻ももち子も持って
父や母に孝行をしています，
何時でも何時でも，酒を造った時は
酒宴のはじめに，御幣やお酒を私に送ってよこします．
私も人間たちの後に坐して
何時でも
人間の国を守護（まも）っています．
　と，ふくろうの神様が物語りました．

也都彼此亲善，那位绅士，

已经成为村长。

那位少年，如今也已成年，

有了内助，生了孩子，

孝顺老爹，孝顺亲娘。

无论到何时，只要酿了酒，

酒宴之前，都会先用神幡和酒祭祀于我，

我也坐镇在人类的身后，

无论何时，

都守护着人类的故乡。

　　到此，猫头鹰之神就把故事讲完了。

狐が自ら歌った謡
「トワトワト」

トワトワト

ある日に海辺へ食物を拾いに

出かけました.

石の中ちゃらちゃら

木片の中ちゃらちゃら

行きながら自分の行手を見たところが

海辺に鯨が寄り上って

人間たちがみんな盛装して

海幸をば喜び舞い海幸をば喜び躍り肉を切る者運ぶ者が

行き交(か)って重立った人たちは海幸をば謝し拝む者①

刀をとぐ者など浜一ぱいに黒く見えます.

私はそれを見ると大層喜びました.

「ああ早くあそこへ着いて

---

① isoeonkami; iso は海幸, eonkami はを謝す事.

　鯨が岸で打ち上げられるのは, 海の大神様が人間に下さる為に御自分で持って来て, 岸へ打ち上げて下さるものだと信じて, その時は必ず重立った人が盛装して沖の方をむいて礼拝をします.

狐狸自述的谣曲
"赶啊赶啊赶"

赶啊赶啊赶,

有一日,为寻找食物,

我去往海边。

石头中,沙沙沙沙,赶啊赶啊赶,

浮木间,沙沙沙沙,赶啊赶啊赶,

我向海滨走去,望向前方,

海边上,有条鲸鱼上了岸。

人们都身着盛装,对着海的恩赐,

踢踏而舞;有人切割,有人搬运,

交替往还;贤者们有的拜谢海之恩赐①,

有的研磨刀剑,海滩上黑压压一片。

我见到此景,感到非常高兴。

"快呀,我要赶到那里去,

---

① isoeonkami:其中 iso 意为海的恩赐,eonkami 意为拜谢。

人们相信,鲸鱼被冲上岸,那是尊贵的海之神为了将鲸鱼送给人类,亲自把鲸鱼送上了岸。这时,有身份地位的人,一定要身着盛装,朝着海冲的方向,进行礼拜。

少しでもいいから貰いたいものだ」と

思って「ばんざーい①！ばんざーい」と

叫びながら

石の中ちゃらちゃら

木片の中ちゃらちゃら

行って行って近くへ行って見ましたら

ちっとも思いがけなかったのに

鯨が上ったのだとばかり思ったのは

浜辺に犬どもの便所があって

大きな糞の山があります，

それを鯨だと私は思ったので

ありました．

人間たちが海幸をば喜んで躍り海幸をば喜び舞い

肉を切ったりはこんだりしているのだと

私が思ったのはからすどもが

糞をつつつき糞を散らし散らし

その方へ飛びこの方へ飛びしているのでした．

私は腹が立ちました．

---

① ononno：これは海に山に猟に出た人が何か獲物を持って帰って来た時にそれを迎える人が口々に言う言葉です．

多少分它点东西。"

如此想着，于是我便，"好极！好极①！"

大喊着跑了过去。

石头中，沙沙沙沙，赶啊赶啊赶，

浮木间，沙沙沙沙，赶啊赶啊赶，

当我走到近处，看个仔细，

完全出乎我的意料，那东西，

我一直以为是，鲸鱼上了岸，

原来是海边上，一处狗儿们的大便之所，

形成了一座屎粪大山，

我却把它当成了

鲸鱼来看。

本以为，人们围着海之恩赐跳舞、

切割搬运的场景，

原来是，大乌鸦们将屎，

啄来啄去，抛东抛西，

那些屎，飞到此，飞到彼。

我满肚子闷气，

---

① ononno：这是出海或者进山的人，带回来猎物的时候，迎接他的人所说的语句。

「眼の曇ったつまらない奴

眼の曇った悪い奴

尻尾の下の臭い奴

尻尾の下の腐った奴

お尻からやにの出る奴

お尻から汚い水の出る奴

なんという物の見方をしたのだろう.」

それからまた

石の中ちゃらちゃら

木片の中ちゃらちゃら

海のそばから走りながら

見たところが私の行手に

舟があってその舟の中で

人間が二人互いにお悔みをのべています①,

「おや,何の急変が

---

① uniwente:大水害のあと,火災のあと,火山の破裂のあと,その他種々な天災のあったあとなどに,または人が熊に喰われたり,海や川に落ちたり,その他なににによらず変った事で負傷したり,死んだりした場合に行う儀式の事.

その時は槍や刀のさきを互いに突き合せながらお悔みの言葉を交します.一つの村に罹災者が出来ると,近所の村々から沢山の代表者がその村に集ってその儀式を行いますが,一人と一人でも致します.

"老眼昏花，没用的家伙，赶啊赶啊赶，

老眼昏花，坏透的家伙，赶啊赶啊赶，

尾巴下面，臭气熏天的家伙，赶啊赶啊赶，

尾巴下面，腐烂变质的家伙，赶啊赶啊赶，

屁股里面，黄屎俱下的家伙，赶啊赶啊赶，

屁股里面，污水横流的家伙，赶啊赶啊赶，

看哪，你看到的都是些什么！"

接着，我又，

石头中，沙沙沙沙，赶啊赶啊赶，

浮木间，沙沙沙沙，赶啊赶啊赶，

沿着海边奔跑，

边跑边看，我的前方，

好像有一艘船，那船上

有两个人，正在相互致哀吊唁①。

"哦吼，该是有什么变故，

---

① uniwente：洪水之后，火灾之后，火山爆发之后，其他种种天灾之后，或者有人被熊吃了，有人掉进海里或者河里，或者其他无缘无故负伤，死亡的时候举行的仪式。

此时，人们会一边用矛或者刀的头部相互碰撞，并附上一些吊唁的话。如果某个村里有位罹难者，附近很多村庄的代表就会集中到这个村子里，举行此仪式。有时候两个人之间也会举行这样的仪式。

あるのでああいう事をしているのだろう，もしや
　舟と一しょに引繰（ひっくり）かえった人でもあるのでは
ないかしら，
　おお早くずっと近くへ行って
　人の話を聞きたいものだ.」
と思うのでフオホホーイ① と
高く叫んで
石の中ちゃらちゃら
木片の中ちゃらちゃら
飛ぶようにして行って見たら
舟だと思ったのは浜辺にある
岩であって，人だと思ったのは
二羽の大きな鵜であったのでした.
二羽の大きな鵜が長い首をのばしたり縮めたり
しているのを悔みを言い合っている様に
私は見たのでありました.
「眼の曇ったつまらない奴
　眼の曇った悪い奴

---

　① hokokse……uniwente の時，また大へんな変り事が出来た時に神様に救いを求める時の男の叫び声. フオホホーイと，これは男に限ります.

那些人才如此表现。

难道是,有人翻船溺水?

快呀,我要赶紧走到近处,

听听他们的交谈。"

我如此想着,

于是尖声叫喊①,

石头中,沙沙沙沙,赶啊赶啊赶,

浮木间,沙沙沙沙,赶啊赶啊赶,

飞一般地跑过去,定睛一看,

原以为是船的东西,竟是岩石,

躺在海边;原以为是人的东西,

不过是,两只大个儿海鸬鹚。

两只大个儿海鸬鹚,将长长的脖子伸出、缩还,

我将那情景,看成了,

两个人在相互致哀吊唁。

"老眼昏花,没用的家伙,赶啊赶啊赶,

老眼昏花,坏透的家伙,赶啊赶啊赶,

---

① hokokse……uniwente,吊唁的时候,或者异常紧急的时候,向神求救时,男人发出的喊声,类似"弗奥豪豪依",只限男人使用。

尻尾の下の臭い奴

尻尾の下の腐った奴

お尻からやにの出る奴

お尻から汚い水の出る奴

なんという物の見方をしたのだろう.」

それからまた

石の中ちゃらちゃら

木片の中ちゃらちゃら

飛ぶ様にして川をのぼって行きましたところが

ずーっと川上に女が二人

浅瀬に立っていて泣き合っています.

私はそれを見てビックリして

「おや,なんの悪い事があって

なんの凶報①が来てあんなに泣き合って

---

① ashur は変った話,ek は来る.
　村から遠い所に旅に出た人が病気したとか死んだとかした時にその所からその人の故郷へ使者がその変事を知らせに来るとか,外の村で誰々が死にましたとか,何々の変った事がありましたとかと村へ人が知らせに来る事を云います.
　その使者を ashurkorkur(変った話を持つ人)と云います.
　ashurkorkur は村の近くへ来た時に先ず大声をあげて hokokse(フオホホーイ)をします.すると,それをききつけた村人は,やはり大声で叫びながら村はずれまで出迎えてその変り事をききます.

尾巴下面，臭气熏天的家伙，赶啊赶啊赶，

尾巴下面，腐烂变质的家伙，赶啊赶啊赶，

屁股里面，黄屎俱下的家伙，赶啊赶啊赶，

屁股里面，污水横流的家伙，赶啊赶啊赶，

看哪，你看到的都是些什么！"

接着，我又，

石头中，沙沙沙沙，赶啊赶啊赶，

浮木间，沙沙沙沙，赶啊赶啊赶，

沿着河流，飞一般地跑上去。

远处河流上游，两个女人，

站在浅濑，正一同哭泣。

我一看，暗自惊奇，

"哦吼，该是有什么不吉之事，

抑或是什么讣告①，

---

① ashur 意为不祥之事，ek 意为来。

合起来指离家远行的人，病了或者死了的时候，在他死亡的地方，会派出使者到他村里，通知不祥之事。或者外面的村子里，谁死了，有什么不好的事情之类，有人会给村里人传达。

那个作为使者的人称作 ashurkorkur。

Ashurkorkur 来到村子附近时，会高声大喊 hokokse（弗奥豪豪依）。听到的村民也会大声喊着来到村头迎接，听取使者要传达的变故。

いる①のだろう？

ああ早く着いて人の話を

聞きたいものだ.」

と思って

石の中ちゃらちゃら

木片の中ちゃらちゃら

飛ぶ様にして行って見たら

川の中程に二つの簗（やな）があって

二つの簗の杭（くい）が流れにあたってグラグラ動いているのを

二人の女がうつむいたり仰むいたりして

泣き合っているのだと私は思ったの

でありました.

「眼の曇ったつまらぬ奴

眼の曇った悪い奴

尻尾の下の臭い奴

---

　①　uchishkar 泣き合う．これは女の挨拶，長く別れていて久しぶりで会った時，近親の者が死んだ時，誰かがなにか大変な危険にあって，やっと免れた時などに，女どうしで手を取り合ったり，頭や肩を抱き合ったりして泣く事．

两人才相拥而泣①？

快呀，我要赶紧到那里，

听听他们的言语。"

我想着，于是，

石头中，沙沙沙沙，赶啊赶啊赶，

浮木间，沙沙沙沙，赶啊赶啊赶，

飞一般地跑了过去，定睛一看，

原来是两根木棍，立在河流中间。

两根木棍，在流水中晃动，

我却认成，两个女人彼此，

不断俯首仰头，

一起痛哭流涕。

"老眼昏花，没用的家伙，赶啊赶啊赶，

老眼昏花，坏透的家伙，赶啊赶啊赶，

尾巴下面，臭气熏天的家伙，赶啊赶啊赶，

---

① uchishkar 意为相拥哭泣。这是久别重逢，或者近亲去世，或者有人遇险而得免等情况下的女性的见面礼仪，指的是女性互相手拉手，并肩抱头哭泣。

尻尾の下の腐った奴

　　お尻からやにの出る奴

　　お尻から汚い水の出る奴

　　なんという物の見方をしたのだろう.」

　それからまた,川をのぼって

　石の中ちゃらちゃら

　木片の中ちゃらちゃら

　飛ぶようにして帰って来ました.

　自分の行手を見ましたところが

　どうしたのだか

　私の家が燃えあがって

　大空へ立ちのぼる煙は

　立ちこめた雲の様です.それを見た私は

　ビックリして気を失うほど

　驚きました.女の声①で叫びながら

---

　①　matrimimse（女の叫び声）：何か急変の場合または uniwente の場合,男は hokokse（フオホホーイ）と太い声を出しますが,女はほそくホーイと叫びます.女の声は男の声よりも高く強くひびくので神々の耳にも先にはいると云います.それで急な変事が起った時には,男でも女の様にほそい声を出して,二声三声叫びます.

尾巴下面，腐烂变质的家伙，赶啊赶啊赶，

屁股里面，黄屎俱下的家伙，赶啊赶啊赶，

屁股里面，污水横流的家伙，赶啊赶啊赶，

看哪，你看到的都是些什么！"

接着，我又沿河流而上，

石头中，沙沙沙沙，赶啊赶啊赶，

浮木间，沙沙沙沙，赶啊赶啊赶，

飞一般地，跑回家来。

当我望向前方，

那是个什么模样！

我的家，烈火熊熊，

升到高空中的浓烟，

就如漫天黑云一般。我一看，

大吃一惊，惊得我差点，

昏厥不醒！我尖叫① 几声，

---

① matrimimse（女性的叫喊声）：有什么紧急情况或者 uniwente（吊唁）的时候，男人喊出低沉的 hokokse，女人喊出尖声的 hooy。据说，女声比男声高，振动强，会先到达诸神的耳朵里，所以突然出现紧急情况的时候，男人也会用女人那样的尖声喊叫三两声。

飛び上りますと，むこうから誰かが

大きな声でホーイ① と叫びながら私のそばへ

飛んで来ました．見るとそれは私の妻で

ビックリした顔色で息せききって，

「旦那様どうしたのですか？」

と云うので，見ると

火事の様に見えたのに

私の家はもとのまま

たっています．火もなし，煙もありません．

それは，私の妻が搗物（つきもの）をしていると

その時に風が強く吹いて簸ている粟の

糠（ぬか）が吹き飛ばされるさまを

煙の様に私は見たのでありました．

食物を探しに出かけても食物も見付からず，その上に

また，私が大声を上げたので私の妻が

それに驚いて簸ていた粟をも

簸と一しょに放り飛ばしてしまったので

---

　　① peutanke: rimimse と同じ意ですが，これは普通よく用いられる言葉で，rimimse の方は少し難かしい言葉になっています．

跳了起来，对面上，不知是谁

尖声①叫着，飞奔到我的身边，

我定睛一看，竟是内人，

面露惊恐，吁吁气喘。她问道，

"我的老爷，这是怎么了？"

我仔细一看，哪里像这般，

我看到的房子满是火焰？

我的家，一如原样，

立在那里，既没有火，也没有烟。

原来是，内人舂米，

其时风大，簸出的糠秕，

被风扬起，那景象，

在我看来，就像是浓烟而已。

出门找食，我却没找来东西，再加上，

我大声尖叫，致使内人大惊，

将簸着的谷米，

连着簸箕，都丢了出去。

---

① peutanke：与 rimimse 同义，这是个常用词，rimimse 有点难，不常用。

今夜は食べる事も出来ません

私は腹立たしくて床の底へ

身を投げて寝てしまいました．

「眼の曇ったつまらぬ奴

眼の曇った悪い奴

尻尾の下の臭い奴

尻尾の下の腐った奴

お尻からやにの出る奴

お尻から汚い水の出る奴

なんという物の見方をしたのだろう．」

　と

　　狐の頭（かしら）が物語りました．

所以今晚，我们吃不上东西，

我生气，于是飞奔到床边，

睡在了床底。

"老眼昏花，没用的家伙，赶啊赶啊赶，

老眼昏花，坏透的家伙，赶啊赶啊赶，

尾巴下面，臭气熏天的家伙，赶啊赶啊赶，

尾巴下面，腐烂变质的家伙，赶啊赶啊赶，

屁股里面，黄屎俱下的家伙，赶啊赶啊赶，

屁股里面，污水横流的家伙，赶啊赶啊赶，

看哪，你看到的都是些什么！"

　　到此，

　　狐狸的头领就把故事讲完了。

狐が自ら歌った謡
「ハイクンテレケ　ハイコシテムトリ」

ハイクンテレケ　ハイコシテムトリ

国の岬，神の岬の上に

私は坐して居りました．

ある日に外へ出て見ますと

海は凪（な）ぎてひろびろとしていて，海の上に

オキキリムイとシュプンラムカとサマユンクルが

海猟に三人乗りで出かけています，それを見た私は

私の持ってる悪い心がむらむらと出て来ました．

この岬，国の岬，神の岬

の上をずーっと上へずーっと下へ

軽い足取りで腰やわらかにかけ出しました．

重い調子で木片をポキリポキリと折る様にパーウ，パウ①

と叫び

この川の水源をにらみにらみ暴風の魔を

---

①　pau：狐の鳴声の擬声詞．

狐狸自述的谣曲
"海昆泰鲁凯,海考西泰穆图利"

海昆泰鲁凯,海考西泰穆图利。

我镇守在,国之海岬上,

我镇守在,神之海岬上。

有一日,我走出屋外,向下观望,

大海风平浪静,无限宽广。海面之上,

奥基库鲁米、休蓬拉穆卡、萨马永库鲁,

三人出海捕鱼,正坐船远航。我见此情景,

自己罪恶的心灵,便蠢蠢而动。

在这海岬,国之海岬,神之海岬上,

我拱起腰身,脚步轻盈,

跳到远远的上方,跳到远远的下方。

我阴沉①地叫着,叫声像木棒,啪啪折断一样。

我盯着这河流的源头,大声召唤,

---

① pau:狐狸叫声的拟声词。

呼びました．すると，それにつれてこの川の

水源から烈しい風，つむじ風が

吹き出して海にはいると直ぐに

この海は，上の海が下になり

下の海が上になりました．オキキリムイたち

の漁舟は沖の人の海と，陸の人の海との

出会ったところ（海の中程）に，非常な急変に会って波の間を

クルリと廻りました．大きな浪が山の様に

舟の上へかぶさり寄ります．すると，

オキキリムイ，サマユンクル，シュプンラムカは

声をふるって，舟を漕ぎました．

この小さい舟は落葉の飛ぶ様に吹き飛ばされ

今にもくつがえりそうになるけれども

感心にも人間たちは力強くて

この小舟は風の中に

波の上をすべります．

それを見ると私の持っている悪い心がむらむらと出て来ました．

軽い足取りで腰やわらかにかけまわり，

暴风的魔王。于是,从这河流的,

水源之上,吹起了狂风,吹起了旋风,

当那暴风,甫一进入海洋,

这大海啊,海面变成了海底,

海底变成了海面。奥基库鲁米他们

乘坐的渔船,在外海和内海,

交汇的地方,突遭意外,在波浪之间,

往复回旋。这巨浪就像大山一样,

压向船的上方。于是此时,

奥基库鲁米、萨马永库鲁、休蓬拉穆卡,

喊起号子,使劲划起船桨。

这条小船,如枯叶飞落一般,

差一点就底朝天。然而,

不得不说,也许是人类力大顽强,

这条小船,在暴风中,

波浪之上,滑行往还。

我看到此景,自己罪恶的心灵,便蠢蠢而动。

我拱起腰身,脚步轻盈,

重い調子で木片がポキリポキリと折れる様にパウ，パウと叫び

　暴風の魔を声援するのみに精を出しました．

　そうしてる中に，やっと，サマユンクルが

　手の上から，手の下から血が流れて

　疲れてたおれました．

　そのさまを見て私はひそかに笑いを浮べました．

　それからまた，精を出して

　軽い足取りで腰やわらかにかけまわり

　重い調子で木片をポキリポキリと折る様に叫び

　暴風の魔を声援しました．

　オキキリムイとシュプンラムカと二人で

　励まし合いながら勇ましく舟を漕いで

　居りましたが，と，ある時シュプンラムカは

　手の上から手の下から血が流れて

　疲れてたおれてしまいました，それを見て

　ひそかに私は笑いました．

　それからまた軽い足取りで腰やわらかに

　飛びまわり重い調子でかたい木片を

　ポキリポキリと折る様に叫び精を出しました．

叫声阴郁，像木棒啪啪折断一样，

用尽全力，声援暴风的魔王。
我不懈努力，最后终于，萨马永库鲁
手心手背之上，鲜血流淌，
筋疲力尽而亡。
见到此状，我暗自一笑，内心欢喜。
接着，我又更加卖力。
我拱起腰身，脚步轻盈，
叫声阴郁，像木棒啪啪折断一样，
声援暴风的魔王。
奥基库鲁米、休蓬拉穆卡，两人一起，
相互鼓舞，使尽全力，摇动船桨，
直到最后，休蓬拉穆卡，
手心手背之上，鲜血流淌，
筋疲力尽而亡。
见到此状，我暗自一笑，内心欢喜。
接着我又，拱起腰身，脚步轻盈，
使尽全力呼喊，喊声阴郁，
像木棒啪啪折断一般。

けれども，オキキリムイは疲れた様子は少しも無い．
一枚の薄物を体にまとい，
舟を漕いでいます，そのうちに
手の下でその持っていた楫が折れてしまいました．
すると，疲れ死んだサマユンクルに
躍りかかりその持っている楫をもぎとってたった一人で
舟を漕ぎました．
私はそれを見ると，持前の悪い心がむらむらと出て来ました．
重い調子でかたい木片をポキリポキリと折る様に叫び
軽い足取りで腰やわらかにかけまわり
精を出して暴風の魔に声援しました．
そうしてるうちにサマユンクルの舵も
折れてしまいました．オキキリムイはシュプンラムカに
躍りかかりその楫をとって
勇ましく舟を漕ぎました．
けれども彼の楫も波に折られてしまいました．
そこで，オキキリムイは舟の中に
立ちつくして，烈しい風のうちに
まさか人間の彼が私を見つけようとは

然而，奥基库鲁米却看不出任何疲倦，

身披一枚薄薄的外衣，

拼命划船，最后终于，

拿在手中的船桨折断。

只见他，跳到累死的萨马永库鲁身边，

捡起他的船桨，独自一人，

拼尽全力，划起了船。

我看到此景，自己罪恶的心灵，便蠢蠢而动。

我叫声阴郁，像木棒啪啪折断一样，

我拱起腰身，脚步轻盈，

用尽全力，声援暴风的魔王。

许久之后，就连萨马永库鲁的船桨，

也都折断，奥基库鲁米便跳到

休蓬拉穆卡身边，拿起他的船桨，

使尽全力，挥桨划船。

然而，那船桨也被风浪折断，

就在此时，奥基库鲁米径自站起，

立在了船中间。没想到，

在猛烈的风暴中，他区区一个人类，

思わなかったに，国の岬，神の岬の

上の，私の眼の央を見つめました．

今までやさしかった顔に怒りの色を

あらわして，鞄①をいじっていたが

中から出したものを見ると，蓬の小弓と

蓬の小矢を取り出しました．

それを見てひそかに私は笑いました．

「人間なぞ何をしたって，恐い事があるものか，

あんな蓬の小矢②は何に使うものだろう．」

と思ってこの岬

国の岬，神の岬の上を

ずーっと上へずーっと下へ軽い足取りで

腰やわらかにかけまわり，

---

① pushtotta：鞄の様な形のもので，海猟に出かける時に火道具，薬類，その他細々の必要品を入れて持ってゆくもの．同じ用途のもので piuchiop, karop などがありますが，蒲（がま），アッシ織などで作りますから，陸で使用します．pushtotta は熊の皮，あざらしの皮，その他の毛皮で製しますから水がとおらないので，海へ持って行くのです．

② noya ai：蓬の矢．蓬はアイヌの尊ぶ草です．蓬の矢で打たれると，浮ぶ事が出来ないから悪魔の最も恐れるものだと云うので，遠出するとき必要品の一つに数えられます．

竟然把我来寻找，直直地盯着国之海岬，

神之海岬上，我眼睛的中央。

原来温和的脸，变成愤怒的面庞。

他手在皮包①里摸索，拿了什么，

我顺眼一看，原来他是拿出了，

蓬蒿小弓，蓬蒿小箭。

见到此状，我暗自一笑，内心欢喜。

"人类啊，干什么？内心恐惧？

那般蓬蒿小箭②，是用来做什么的东西！"

我如此想着，在这海岬上，

国之海岬，神之海岬上，

拱起腰身，脚步轻盈，

跳向远远的上方，跳向远远的下方。

---

① pushtotta：形状类似手提包，是出海渔猎时使用的一种包，里面放一些生火用具，药品类和其他零碎的必需品。相同用途的包还有 piuchiop、karop 等，不过这些是用香蒲、山榆布制成的，所以在陆地上使用。Pushtotta 是用熊皮、海豹皮以及其他毛皮制成的，能够防水，所以可以带去海里使用。

② noya ai：意为艾草之箭。艾草是阿依努民族敬重的一种草。据说，被艾草之箭射中，将永世不得翻身，所以艾草之箭是恶魔最害怕的东西。因此，出远门时，艾草之箭可以说是必备品之一。

重い調子でかたい木片をポキリポキリと折る様にパウ，パウと叫び

暴風の魔をほめたたえました．

その中にオキキリムイの射放した矢が飛んで来ましたが

ちょうど私の襟首（えりくび）のところへ突きささりました．

それっきりあとどうなったか解らなくなってしまいました．

ふと気がついて見ると

大そう好いお天気で，海の上は

広々として，オキキリムイの漁舟もなにもありません．

どうした事か私の頭のさきから

足のさきまで雁皮（がんぴ）が燃え縮む様に痛みます．

まさか人間の射た小さな矢がこんなに私を苦しめ

ようとは思わなかったのに，それから手足をもがき苦しみ

この岬，国の岬，神の岬

の上を，ずーっと上へ，ずーっと下へ泣き叫びながら

もがき苦しみ，昼でも夜でも生きたり

死んだり，している中に，どうしたか

わからなくなりました．

我叫声阴郁，像木棒啪啪折断一样，

极力称赞，暴风的魔王。
就在此时，奥基库鲁米射出的小箭飞来，
嗖的一下，插在了我脖子后边。

之后发生了什么，我便一无所知。

不知何时，我恢复意识，定睛一看，
面前天朗气清，海面平静，
宽广无限。奥基库鲁米的渔船，已经消失不见。
不知为何，我从头顶到脚底，
好似过火的桦树皮缠绕卷起，疼痛不已。
没想到，人类射过来的小箭，让我如此地痛楚至极，
痛得我甩手跺脚，
在这海岬上，国之海岬，神之海岬上，
向着远远的上方，向着远远的下方，哭泣号叫，
狂奔乱跑，白天黑夜，活来死去，
死去活来，不知不觉中，
意识已含糊不清。

ふと気がついて見ると，

大きな黒狐の耳と耳との間に私は居りました．

二日ほどたった時，オキキリムイが神様の様な様子で

やって来て，ニコニコ笑って言うことには，

「まあ見ばのよい事，国の岬，神の岬

の上を見守る黒狐の神様は，

善い心，神の心を持っていたから

死にざまの見ばのよい死方をしたのですね．」

言いながら私の頭を取って，

自分の家へ持って行き私の上顎の骨を

自分の便所① のどだいとし，私の下顎を

---

　① 　もとは男の便所と女の便所は別になっていました．ashinru も eosineru も同じく便所の事．

　狐の中で黒狐は最も尊いものだとしています．海の中に突き出ている岬は大概黒狐の所領で，黒狐はよっぽどの大へんがなければ，人に声をきかせないと申します．

　Okikurumi（Okikirmui）と Samayunkur と Shupunramka とはいとこ同士で，Shupunramka は一ばん年上で Okikirmui は一ばん年下だと云います．Shupunramka は温和な人で内気ですからなにも話がありませんが，Samayunkur は短気で，智恵が浅く，あわて者で，根性が悪い弱虫で，Okikirmui は神の様に智恵があり，情深く，勇気のあるえらい人だと云うので，その物語りは無限というほど沢山あります．

不知何时，我恢复意识，定睛一看，

我坐在了一只，大黑狐的耳朵与耳朵之间。

约莫过了两天，奥基库鲁米，变成神的模样，

来到我的身旁，微笑着如此讲：

"多么漂亮！镇守在国之海岬上，

镇守在神之海岬上，黑狐之神啊，

你原有神的品质，心地善良，

所以即便死了，也还是有模有样！"

说着，拎起我的头颅，

拿回自己家，将我的上颌骨，

做成自己厕所的脚踏①，将我的下颌骨，

---

① 很久以前男厕所和女厕所是分开的。ashinru 和 eosineru 都是厕所的意思。

黑狐是狐狸当中最高贵的。海中凸出来的海岬，大多是黑狐的领属。据说，如果没有什么特别的重大事件，人们听不到黑狐的声音。

据说，Okikurumi（Okikirmui 奥基库鲁米）、Samayunkur（萨马永库鲁）和 Shupunramka（休蓬拉穆卡）是叔表兄弟，Shupunramka 年纪最长，Okikirmui 年纪最小。Shupunramka 性格温和内向，沉默寡言。Samayunkur 是个暴躁、知识浅薄、性急、品性不好的懦夫。Okikirmui 是像神灵一样具有智慧、深情、勇气的贤者，所以关于他的传说多到数不过来。

その妻の便所の礎として，
私のからだはそのまま土と共に腐ってしまいました．
それから夜でも昼でも
悪い臭気に苦しんでいる中に私はつまらない死方，悪い
死方をしました．
ただの身分の軽い神でもなかったのですが
大変な悪い心を私は持っていた為なんにも
ならない，悪い死方を私はしたのですから
これからの狐たちよ，決して
悪い心を持ちなさるな．
　と狐の神様が物語りました．

做成妻子厕所的脚踏。

我的身体，任由它随泥土腐化。

打那以后，无论白天，还是黑夜，

我都承受着恶臭之气，死得卑微，

死得无趣。

我原不是身份低微的，微末之神，

却因为，生出恶毒之心，才如此

死得卑微无趣，不值一文。

从今而后的狐狸们，千万不能生出，

一颗恶毒之心。

　　到此，狐狸之神就把故事讲完了。

兎が自ら歌つた謠
「サンパヤ　テレケ」

サンパヤ　テレケ

二つの谷，三つの谷を飛び越え飛び越え

遊びながら兄様のあとをしたって山へ行きました．

毎日毎日兄様のあとへ行って見ると

人間が弩（いしゆみ）[①]を仕掛けて置いてあるとその弩を兄様が

こわしてしまう，それを私は笑うのを

常としていたのでこの日また

行って見たら，ちっとも

思いがけない

兄様が弩にかかって泣き叫んでいる．

私はビックリして，兄様のそばへ

飛んで行ったら兄様は

泣きながら云うことには，

---

①　アマッポ（弩）すなわち「仕掛け弓」を仕掛ける事．

兔子自述的谣曲
"萨姆帕亚　泰鲁凯"

萨姆帕亚　泰鲁凯，

我飞一般地，跨过两个山谷，跨过三个山谷，

玩耍嬉戏，跟在兄长后面，进到山里去。

每一天，我就跟在兄长后面看，

若是人类设了箭机弩关①，兄长总会将那机关，

拆解弄乱。对于这些行为，我总是笑个没完。

于是，这一天，我又像往常一样，

过去一看，真是完完全全，

出乎我的意料，

兄长卡在机弩上，正痛哭号叫。

我吃了一惊，飞一般地跑到，

兄长身边，兄长他

一边哭泣，一边如此喊，

---

① 箭弩机关，意为设置"箭弩机关"。

「これ弟よ，今これから

お前は走って行って

私たちの村の後へ着いたら

兄様が弩にかかったよ——，フオホホーイと

大声でよぶのだよ．」

私はきいて

ハイ，ハイ，と返辞をして，それから

二つの谷，三つの谷を飛び越え飛び越え

遊びながら来て

私たちの村の村後へ着きました．

そこではじめて兄様が私を使いによこしたことを

思い出しました，私は大声で叫び声を挙げようとした

が，兄様が何を言って私を使によこしてあったのか

すっかり私は忘れていました．そこに立ちつくして

思い出そうとしたがどうしてもだめだ．

それからまた

二つの谷を越え三つの谷を越え

後へ逆飛び逆躍びしながら

兄様のいる所へ来て

見ると誰もいない．

"好好听着，我的弟弟！从现在起，

你要跑将回去，

到了我们村子，村子的后面，

你要如此大声呼喊：

'兄长他卡在机弩上了，危险，危险！'"

听了此话，

我喏喏答应，接着便，

如飞一般，跨过两个山谷，跨过三个山谷，

嬉戏着跑下了山，

到了我们村庄，村庄的后面。

此时我才想起，兄长交代我做的事情，

当我准备大声呼喊，

兄长交代我了什么，我竟然

完全忘记。我呆呆地站在那里，

努力回忆，却什么也想不起。

于是我又，

跨过两个山谷，跨过三个山谷，

反身蹦着，反身跳着，折返回去。

当我来到兄长刚才的所在地，

目及之处，已然空无一物，

兄様の血だけがそこらに附いていた．

（ここまでで話は外へ飛ぶ）

ケトカ　ウォイウォイ　ケトカ，ケトカ　ウォイ　ケトカ

毎日毎日私は山へ行って

人間が弩を仕掛けてあるのをこわして

それを面白がるのが常であった所が

ある日また，前の所に弩が仕掛けて

あると，その側に小さい蓬の弩が

仕掛けてある，

私はそれを見ると

「こんな物，何にする物だろう．」

と思っておかしいので

ちょとそれに触って見た，直ぐに逃げようと

したら，思いがけ

なく，その弩にいやという程

はまってしまった．

逃げようともがけば

もがくほど，強くしめられるのでどうする事も

出来ないので，私は泣いて

いると，私の側へ何だか

只见到，兄长的血散落在那里。

（行文至此，跳转为兄长讲述）

"凯图卡 沃伊 凯图卡 沃伊，凯图卡 沃伊 凯图卡"

每一天，我去到山里，

将人类设置的箭机弩关，弄坏拆乱，

我一直乐此不疲。

有一天，我又看到前面，人类设置的

机关，那机关旁边，有个小小的

蓬蒿之弩。

我仔细观察，

"这个是做什么用的东西？"

我想着，感到非常稀奇，于是我，

轻轻碰了一下，当我立刻，

想要躲避，真没想到，

手的前部，啪的一下，

被那机关夹了进去。

我越是挣扎着逃离，

那机关越发夹紧，如此我也

所施无计。正当我饮泪哭泣，

不知什么东西，飞到我身边，

飛んで来たので見るとそれは私の弟

であった．私はよろこんで，私たちの一族のものに

この事を知らせる様に言いつけてやったが

それからいくら待っても何の音もない．

私は泣いていると，私の側へ

人の影があらわれた．見ると，

神の様な美しい人間の若者

ニコニコして，私を取って，

どこかへ持って行った．見ると

大きな家の中が神の宝物で

一ぱいになっている．

彼の若者は火を焚いて，

大きな鍋を火にかけて，掛けてある刀①を引き抜いて

私のからだを皮のままブツブツに切って

鍋一ぱいに入れそれから鍋の下へ頭を突き入れ突き入れ

火を焚きつけ出した．どうかして

逃げたいので私は人間の若者の隙を

---

　① 刀剣：これは戦争の時に使う刀剣とは違うので，ふだん家の右座の宝物の積んである上に吊してあるのがそれです．戦争の時には使いませんが，uniwente などのときには使います．

我仔细一看，原来是我的弟弟。

我十分惊喜，吩咐他

将此危急，告诉我们的族人，

然而接下去，无论我怎么等，完全没有消息。

我不停哭泣，不久，身边出现了

人的身影。我仔细一看，

是个神一般的人类的青年，

嘴角带笑，将我捡起，

带到一个地方去。我仔细一看，

高大的房子里，神之瑰宝，

在屋子里到处堆积。

那青年生起火来，

把大锅架在火上，拔出墙上的宝刀①，

将我的身体，连皮一起，斩斩劈劈，

堆满一锅，接着，把头一次次伸到锅底，

把火生起。无论如何，

我都要逃出去。所以我一直觑着，等人类的青年

---

① 刀剑：此刀剑与战争时使用的刀剑不同，平时悬挂在屋子右边宝物堆积处的上方。战争时不用，但是会在 uniwente（吊唁）等场合使用。

ねらうけれども，人間の若者はちっとも私から
眼をはなさない．
「鍋が煮え立って私が煮えてしまったら，なんにも
ならないつまらない死方，悪い死方をしなければなら
ない．」と
思って人間の若者の油断を
ねらってねらって，やっとの事
一片の肉に自分を化（かわ）らして
立ち上る湯気に身を交（まじ）えて鍋の椽に
上り，左の座へ飛び下りると直ぐに
戸外へ飛び出した，泣きながら
飛んで息を切らして逃げて来て
私の家へ着いて
ほんとうにあぶないことであったと胸撫で下した．
後ふりかえって見ると，
ただの人間，ただの若者とばかり
思っていたのはオキキリムイ，神の様な強い方
なのでありました．
ただの人間が仕掛けた弩だと思って
毎日毎日悪戯（いたずら）をしたのをオキキリムイ

放松警惕，可是人类的青年，视线丝毫也不

从我身上转移。

"等锅滚了，我被煮熟，一切都来不及，

我将会死得不值一文，卑微无趣，凄惨无比。"

我如此想着，觑着人类的青年

不太注意，终于将自己，

嗖的一下，幻化成一枚肉片，

混入上升的蒸汽，爬上

锅的边缘，一跃而到左边的座位，

飞出屋子去。我一边哭泣，

一边跳跃飞奔，逃啊逃啊，

终于到了自己家里，

抚着胸口，仍然心有余悸。

我回视自己后面，

原以为，普通的人类，寻常的青年，

原来是，神圣勇敢的

奥基库鲁米。

我原以为，只是普通人类设置的机弩，

便每一天每一天恶作剧，奥基库鲁米

は大そう怒って蓬の小弩で

私を殺そうとしたのだが，私も

ただの身分の軽い神でもないのに，つまらない死方，悪い死方

をしたら，私の親類のもの共も，困り惑うであろう

事を不憫に思って下されて

おかげで，私が逃げても追いかけなかった

のでありました．

それから，前には，兎は

鹿ほども体の大きなものであったが，

この様な悪戯を私がしたために

オキキリムイの一つの肉片ほど小さくなったのです．

これからの私たちの仲間はみんなこの位の

からだになるのであろう．

これからの兎たちよ，決していたずらをしなさるな．

　　と，兎の首領が子供等を教えて死にました．

对此非常生气，所以，用蓬蒿小弩，

本来要置我于死地。但我也不是

身份低微之神，如果就一文不值，

凄惨地死去，那我之族类，也将困顿狼狈不已。

所以，奥基库鲁米便心存怜悯，

即使我侥幸走脱，

他也并没有追击。

还有一点，很久以前，

兔子原本体型巨大，像鹿那般，

因我如此胡作非为，

变成了这般大小，仅比奥基库鲁米的一枚肉片。

今后的我之同族，应该全部都会

变成如此大小的身体。

今后的兔子们啊，千万不要恶作剧。

　　到此，兔子的首领告诫孩子们之后死去。

谷地の魔神が自ら歌った謡
「ハリッ　クンナ」

ハリッ　クンナ
ある日に好いお天気なので
私の谷地に眼と口とだけ
出して見ていたところが
ずっと浜の方から人の話し声がきこえて来た．
見ると，二人の若者が連れだって来た．
先に来た者は勇者らしく勇者の品を
そなえて，神の様に美しいが
後から来た者を見ると，様子の悪い
顔色の悪い男で，何か話し合いながら
やって来たが私の谷地の側を通り
ちょうど私の前へ来ると，あとから来た顔色の悪い男が
立ち止り立ち止り自分の鼻をおおい
「おお臭い，いやな谷地，悪い谷地の前を通ったら
まあ汚い，何だろうこんなに臭いのは．」
と言った．

湿地魔神自述的谣曲
"哈利特　昆纳"

哈利特　昆纳

有一日，天气晴朗，

我只将，自己的眼和嘴，

伸出领属湿地之上，不断观望，

从远远的海滩那边，隐约传来人类说话的声响。

我仔细一看，两位青年接踵并肩。

打头而来的，看起来，英姿飒爽、

勇猛非常，仿佛神祇一样。

尾后而至的，我一看，是个模样丑陋、

脸色惨白的青年。两人彼此交谈着什么，

走了过来，经过我的湿地一旁。

当他们走到我面前，尾后跟着的，脸色惨白的青年，

数次停下脚步，捏住鼻梁，

"真臭啊，可恶的湿地，可憎的湿地，经过你的前方，

你肮脏无比，这恶臭，到底是什么东西。"

他嘴中如此嘟囔。

私はただ聞いたばかりだけれど自分の居るか居ないかも

わからぬほど腹が立った．

　泥の中から飛び出した．私が飛び上ると

地が裂け地が破れる．牙を

鳴らしながら，彼等を強く追っかけたところが

先に来た者は，それと見るや

魚がクルリとあとへかえる様に引っかえして顔色の悪い男の

わきの下をくぐりずーっと逃げてしまった．

青い男を二間三間追っかけると

直ぐ追いついて頭から呑んでしまった．

そこで今度は彼の男をありったけの速力で追っかけて来て

人間の村，大きな村の後へ着いた．

見るとむこうから

火の老女，神の老女があかい着物，六枚の着物に

帯をしめ，六枚の着物を羽織って

あかい杖をついて私の側へ飛んで来た．

「これはこれは，お前は何しにこのアイヌ村へ

来るのか，さあお帰り，さあお帰り．」

我听到此言,立刻情绪失常,

怒发直冲冠上,

从淤泥中一跃而出。当我飞身出来,

大地炸裂,大地开绽。

我磨牙霍霍作声,奋力向他们追赶过去,

打头来的那位,瞄了我一眼,

就如游鱼突然转身一般,从脸色苍白男,

胳膊底下钻过,逃出跑远。

我便去追脸色苍白男,才几步之间,

我便追到,把他从头一口吞了下去。

接着,我使劲全力,追着另一青年下去,

结果到了人类的村庄,巨大村庄的后方。

放眼望去,我迎面的方向上,

火之老妇人,神之老妇人,腰带系着红色华服,

六层华服,其外加披六层华服①,

拄着红色拐杖,嗖的一下,飞落到我身旁。

"哎呀呀,孽障,为何你会下到

这人类的村庄,速速归去,速速归去。"

---

① 译者注:这是阿依努文学中一种常用的描写方法,表现的是神归九天时的装束。

言いながら，あかい杖，かねの杖をふり上げて私を
たたくと，杖から焔が
私の上へ雨の様に降って来る．
けれども私はちっとも構わず，
牙打ち鳴らしながら彼の男を
追っかけると，彼の男は村の中を
よくまわる環の様に走って行く．そのあとを飛んで
行くと，大地が裂け大地が破れる．村中は大さわぎ
妻の手を引く者，子の手を引く者，泣き叫び
逃げゆくもの，煮えくりかえるようなありさま，けれども
私は少しも構わず，土吹雪
をたてる，火の老女神は私の側を走って来ると
大へんな焔が，私の上に飛び交う．
その中に，彼の男は一軒の家に
飛び込むと直ぐにまた飛び出した．
見ると，蓬の小弓に蓬の小矢をつがえて
むこうから，ニコニコして，私をねらっている．
それを見て私は可笑しく思った．
「あんな小さな蓬の矢，何で人が苦しむものか．」と
思いながら私は牙を打ち鳴らして，

她说着，用那红色的手杖，金属手杖，

敲在我的身上，手杖顶处，诸多火焰，

如大雨一般，浇落在我身上。

但是，我丝毫也，不为所动，

磨牙霍霍作声，奋力追赶那青年。

那青年跑进村庄之中，

在村里奔跑转圈。我飞到他的后边，于是，

大地炸裂，大地开绽。村庄之内，乱作一团。

有人拉着发妻的手，有人拉着孩子的手，大声哭喊，

逃命的人们，乱作一锅粥，沸反盈天。

但是，我丝毫不为所动，卷起尘土飞扬。

火之老女神，飞奔到我身旁，

将巨大的火团，不断泼到我身上。

这时，那位青年，纵身跳进某户家中，

马上又飞奔出来，

我仔细一看，只见他将蓬蒿小箭，搭在蓬蒿小弓上，

嘴角堆笑，向我瞄准。

我见到此状，感觉十分可笑，

"如此小的蓬蒿之箭，怎能让人痛楚困苦？"

我想着，磨牙霍霍作声，

頭から呑もうとしたら

その時彼の男は私の首ッ玉を

したたかに射た．それっきりどうしたか

わからなくなってしまった．

ふと気がついて見たところが

大きな竜の耳と耳の間に私はいた．

村の人々が集って，彼の私が追っかけた若者が

大声で指図（さしず）をして，私の屍体をみんな細かに刻み

一つ所へ運んで焼いてその灰を

山の岩の岩の後へ捨ててしまった．

今になってはじめて見ると，それは，ただの人間

ただの若者だと思ったのは

オキキリムイ，神の勇者であった．

恐しい悪い神，悪魔神，私はそれであって

人間の村の近くにいるので，

オキキリムイは村の為を思って，私をおこらせ

自分を追いかけさせて，蓬の矢で私を殺したので

あった．それから，先に私が呑んでしまった

青い男は，人間だと思ったのだったが

几次三番，要将他，从头吞落进肚子里。

就在此时，那位青年，将箭重重射出，

击穿了我的脖颈，之后发生了什么，

我便不知道了。

不知何时，我恢复意识，定睛一看，

我坐在了巨龙的，耳朵与耳朵之间。

村民们聚拢过来，那位我追赶的青年，

正高声指挥众人，齐力将我的尸体切碎弄断，

运至某处烧掉，然后将那灰烬，

撒在山中，岩石的岩石后面。

如今回头看来，我想着，普通的人类，

寻常的青年，原来是，

奥基库鲁米，神勇之辈。

我是那，令人忌惮的，凶残之神，恶魔之神，

住在人类的村庄附近。

于是，奥基库鲁米，为村庄安危着想，捉弄于我，

诱使我追他，然后用蓬蒿之箭，将我猎杀。

还有那，先前已被我吞下的

脸色惨白男，原以为他是个真人，

それは，オキキリムイがその放糞を人に作り，
それを連れて来たのであった．
私は魔神であったから今はもう
地獄のおそろしい悪い国にやられたのだから
これからは，人間の国には，なんの危険も
ない，邪魔ものもないであろう．
私は恐しい魔神であったけれども，
一人の人間の計略にまけて
今はもう，つまらない死方，悪い死方をするのです．
　と谷地の魔神が物語りました．

没想到，却是奥基库鲁米，用其大便捏成人样，

将人样带着走了过来而已。

我曾经是个魔神，现在已然，

被打入恐怖的地下，骇人的幽冥。

从此以后，人类的国度里，应该再也没有，

令人担忧之物，或者什么危险。

我虽然曾是，令人恐怖的魔神，

却被一个人类的青年，谋定计算。

现在落得，死得无趣，死得卑贱。

　　到此，湿地的魔神就把故事讲完了。

小狼の神が自ら歌った謡
「ホテナオ」

ホテナオ
ある日に退屈なので浜辺へ出て，
遊んでいたら一人の小男が
来ていたから，川下へ下ると
私も川下へ下り，
川上へ来ると私も川上へ行き道をさえぎった．
すると川下へ六回
川上へ六回になった時小男は
持前の癇癪（かんしゃく）を顔に表して言うことには，
「ピイピイ
この小僧め悪い小僧め，そんな事をするなら
この岬の，昔の名と今の名を
言い解いて見ろ」
私は聞いて笑いながらいうこと
には，
「誰がこの岬の昔の名と

小狼神自述的谣曲
"豪泰纳奥"

豪泰纳奥

有一日,我无聊至极,下到海岸边,

玩耍嬉戏。一个矮汉,

踽步而来,当他走向河的下流,

我便抢到他前面,

当他走向河的上流,我又抢到他面前。

我如此这般,向下流抢道六回,

向上流抢道六遍。于是那矮汉,

暴怒之情,涨满了脸,如此豪言,

"皮依通通,皮依通通,

这小屁孩子,不良少年,与其如此,

不如辩一辩,这海岬的

往昔之名,现今之名,你敢与不敢?"

我听了此言,微微一笑,

如此说道,

"这海岬的,往昔之名,

今の名を知らないものか！
昔は，尊いえらい神様や人間が居ったから
この岬を神の岬と
言ったものだが，今は時代が衰えたから
御幣の岬とよんでいるのさ！」
云うと，小男の云うことには，
「ピイトン，ピイトン
この小僧め本当にお前はそういうなら
この川の前の名と今の名を
云って見ろ．」
聞くと，私の云うことには，
「誰がこの川の前の名
今の名を知らないものか！
昔，えらかった時代にはこの川を
流れの早い川と云っていたのだが
今は世が衰えているので流れの遅い川と
云っているのさ．」
云うと小男の云うことには，
「ピイトントン，ピイトントン
本当にお前そんな事を云うなら

现今之名，谁还不明了！

上古之世，昌明隆盛，

于是这海岬，便称作神之海岬。

如今之世，世衰势减，

于是便，称作木幡海岬。"

听我此辩，矮汉便如此说道，

"皮依通通，皮依通通，

这小屁孩子，既然你如此对答，

那辩一辩，这条河的

往昔之名，现今之名，你敢与不敢？"

我听闻此言，便如此说道，

"这条河的，往昔之名，

现今之名，谁还不明了！

上古之世，昌明隆盛，

于是这条河，便称作湍急之川，

如今之世，世衰势减，

于是便，称作平波之川。"

听我此言，矮汉便如此说道，

"皮依通通，皮依通通，

既然你如此对答，

お互の素性の解き合いをやろう.」

聞いて私の云うことには,

「誰がお前の素性を知らないものか!

大昔,オキキリムイが山へ行って

狩猟小舎を建てた時榛(はしばみ)の木の炉縁(ろぶち)を作ったら

その炉縁が火に当ってからからに乾いてしまった.

オキキリムイが片方を踏むと片一方が

上る,それをオキキリムイが怒って

その炉縁を川へ持って下り

捨ててしまったのだ.

それからその炉縁は流れに沿うて流れていって

海へ出で,彼方(かなた)の海波,此方(こなた)の海波

に打ちつけられる様を神様たちが御覧になって,

敬うべきえらいオキキリムイの手作りの物がその様に

何の役にもたたず迷い流れて海水と共に腐ってしまうのは

勿体(もったい)ない事だから神様たちから

その炉縁は魚にされて,

炉縁魚と

名づけられたのだ.

那我们将彼此的,家世来历辩一辩。"
我听闻此言,便如此说道,
"你的家世来历,谁还不明了!
远古之时,奥基库鲁米,行至山间,
搭建狩猎棚户时,制作了榛木的围炉板,

那炉板,经火之后,变得枯干。
奥基库鲁米,踩住这一边,而炉板的另一边
翘起,这让奥基库鲁米,非常生气,
将那炉板,带下河边,
扔掉抛弃。
打那以后,那炉板,顺河漂了下去,
进入大海里,与这一波海浪,那一波海浪,
反复撞击。诸神看到如此情景,
尊崇的奥基库鲁米,亲手制作的东西,
就那样漫无目的,飘来飘去,最后腐烂在海里,
觉得十分可惜。于是诸神,
将此炉板,变成了一条鱼,
并给它取名为,
炉板鱼。

ところがその炉縁魚は，自分の素性が
わからないので，人にばけてうろついている．
その炉縁魚がお前なのさ．」
云うと，小男は顔色を
変え変え聞いていたが
「ピイトントン，ピイトントン！
お前は，小さい，狼の子なの
さ．」
云い終ると直ぐに海へパチャンと飛び込んだ．
あと見送ると一つの赤い魚が
尾鰭（おびれ）を動かしてずーっと沖へ
行ってしまった．
　と，幼い狼の神様が物語りました．

可是，那条炉板鱼，并不清楚

自身来历，幻化成人，晃来晃去。

你便是，那条炉板鱼！"

我回答完，那矮汉听后，脸色变得，

越来越难看，

"皮依通通，皮依通通，

你不过就是，

小狼的崽子！"

话音刚落，便跳进海中，啪嗒一声。

我眼睛紧盯其后，看到一条红色小鱼，

摇着尾鳍，向着远海，

游了出去。

　　到此，小狼神就把故事讲完了。

梟の神が自ら歌った謡
「コンクワ」

「コンクワ
昔私の物言う時は桜皮を巻いた弓の
弓把（きゅうは）の央を鳴り渡らす如くに
言ったのであったが，
今は衰え年老いてしまった事よ．
けれども誰か雄弁で
使者としての自信を持ってる者があったら，
天国へ五ツ半の談判
を言いつけてやりたいものだ．」と
たがつきのシントコの蓋の上をたたきながら
私は言った，ところが入口で誰かが
「私をおいて誰が使者として雄弁で
自信のあるものがあるでしょう．」というので
見ると鴉（からす）の若者であった．
私は家に入れて，それから，たがつきのシントコの
蓋の上をたたきながら

猫头鹰之神自述的谣曲
"孔库瓦"

"孔库瓦

昔年之时,我讲话之声,就如包着樱树皮的弓,

拨动其弓把中央,所发出的响动,

铿锵嘹亮。

现如今啊,年老体衰,已不中用。

可是啊,又有谁,能言善辩,

自信满满,可送信传言,如有此等人,

我想托付他,去往天国,

进行五个半的谈判。"

在带有箍子的宝箱盖上,我咚咚敲着,

如此说道。于是,门口处,不知何人说道:

"除我之外,还有谁,能言善辩,自信满满,

可送信传言?"

于是我顺眼望去,原来是一个乌鸦的青年。

我将他让进屋里,接着,在带箍子的

宝箱盖上咚咚敲着,

鴉の若者を使者にたてる為
その談判を云いきかせて三日たって
三つ目の談判を話しながら見ると
鴉の若者は炉縁の後で
居眠りをしている，それを見ると，癪（しゃく）に
さわったので鴉の若者を
羽ぐるみ引っぱたいて殺してしまった．
それから又たがつきのシントコの蓋の上を
たたきながら
「誰か使者として自信のある者が
あれば天国へ五ッ半の
談判を言いつけてやりたい．」と
言うと，誰かがまた入口へ
「誰が私をおいて，雄弁で
天国へ使者に立つほどの者がありましょう．」
と言うので見ると山のかけす
であった．
家へ入れてそれからまた
たがつきのシントコの蓋の上をたたきながら
五ッ半の談判を話して

将那乌鸦青年，当作使者，

传于他谈判之言。时间过了三日，

当我才说到第三个谈判，定睛一看，

那乌鸦青年，在火炉围板之后，

打盹浅眠。见到此状，我七窍生烟，

将那乌鸦青年，

每根羽毛，暴揍一遍，把他杀死才算完。

接着我又，在带有箍子的宝箱盖上，

咚咚敲着，如此说道：

"还有哪位，自信满满，可送信传言？

如果有，我想托付他，去往天国，

进行五个半的谈判。"

门口处，又不知何人说道：

"除我之外，还有谁，能言善辩，

恰可充作，去往天国的使官？"

于是我顺眼望去，

原来是一只星鸦。

我将他让进家，接着又在，

带有箍子的宝箱盖上，咚咚敲着，

将那五个半谈判之言，传授于他。

四日たって，四つの用向を言っているうちに

山のかけすは炉縁の後で居眠りをしている．

私は腹が立って山のかけすを羽ぐるみひっぱたいて

殺してしまった．

それからまたたがつきのシントコの蓋の上を

たたきながら，

「誰か雄弁で使者として

自信のある者があれば，天国へ

五ツ半の談判を持たせてやりたい．」

と言うと，誰かが

慎（つつしみ）深い態度ではいって来たので見ると

川ガラス[①]の若者，美しい様子で

左の座に坐った．それで私は

たがつきのシントコの蓋の上をたたきながら

五ツ半の用件を夜でも

昼でも言い続けた．見れば

川ガラスの若者，何も疲れた様子もなく

聞いていて昼と夜を

---

① katken：川ガラス．昔から大そういい鳥として尊ばれる鳥です．

时间过了四天,我正讲着,第四个谈判,

那只星鸦,在火炉围板之后,打盹浅眠。

我勃然色变,于是将那星鸦,每根羽毛,暴揍一遍,

把他杀死才算完。

接着我又,在带有箍子的宝箱盖上,

咚咚敲着,如此说道:

"还有谁,能言善辩,自信满满,

可送信传言,如果有,我想托付他,

去往天国,带去五个半的谈判。"

这时,不知何人,

态度恭谨,走进屋来。我定睛一看,

原来是河乌的青年①,神明一般,

坐在了火炉左边。于是我,

在带有箍子的宝箱盖上,咚咚敲着,

将五个半谈判,讲与他,无论白昼,

还是黑夜,都不间断。我抬眼看去,

河乌的青年,没有丝毫疲倦,

仔细聆听我言,三个白昼,三个黑夜,

---

① katken:河乌,自古以来,被视为伟大的鸟儿,受人尊敬的鸟。

数えて六日目に
私が言い終ると直ぐに天窓から
出て天国へ行ってしまった．
その談判の大むねは，人間の世界に
饑饉があって人間たちは今にも
餓死しようとしている．どういう訳かと
見ると天国に
鹿を司（つかさど）る神様と魚を司る神様とが
相談をして鹿も出さず魚も出さぬことに
したからであったので，神様たちから
どんなに言われても知らぬ顔をして
いるので人間たちは猟に
山へ行っても鹿も無い，魚漁に
川へ行っても魚も無い．
私はそれを見て腹が立ったので
鹿の神，魚の神へ使者をたてた
のである．
それから幾日もたって
空の方に微かな音がきこえていたが
誰かがはいって来た．見ると

加在一起算，讲了六天时间，

我终于讲完，那河乌青年，径直穿过天窗，

飞向天国，倏忽不见。

那谈判的大意是，人类的世界，

遭受饥荒，人们现在已然处在，

饿死的边缘。是什么缘由，导致这种状况，

我仔细一看，那高天之上，

原来是，司鹿之神与司鱼之神，

互相商量，不再派出鹿，不再派出鱼，

下凡人间。无论众神，

如何进言，他们始终不闻不管。

因此，即使人们捕猎，

进入山间，也无鹿可狩，人们捕鱼，

进入河中，也无鱼可揽。

我见此情形，义愤填膺，派出使者前往高天，

向司鹿之神，司鱼之神，

送信传言。

那之后，约莫过了几天，

天空之上，传来飒飒之声，

不知何人，进到屋里。我仔细一看，

川ガラスの若者，今は前よりも美しさを増し

勇ましい気品をそなえて

返し談判を述べはじめた．

天国の鹿の神や魚の神が

今日まで鹿を出さず魚を出さなかった

理由は，人間たちが鹿を捕る時に

木で鹿の頭をたたき，皮を剥ぐと

鹿の頭をそのまま山の木原に

捨ておき，魚をとると

腐れ木で魚の頭をたたいて殺すので，

鹿どもは，裸で泣きながら

鹿の神の許（もと）へ帰り，魚どもは

腐れ木をくわえて魚の神の

許へ帰る．鹿の神，魚の神は

怒って相談をし，鹿を出さず

魚を出さなかったのであった．がこののち

人間たちが鹿でも魚でも

ていねいに取扱うという事なら鹿も出す

魚も出すであろう，と鹿の神と

魚の神が言ったという事を詳しく申し立てた．

河乌的青年，如今更加俊美，

面色神勇，英姿凛然，

开始讲述，对方的答复之言。

天国之上的，司鹿之神，司鱼之神，

之所以如今，不再派出鹿鱼，

是因为，人类捕鹿之时，

用木头敲打鹿头，剥皮之后，

将鹿头，原样丢弃在，

山中树林里面。捕鱼之时，

用朽木敲打鱼头，

所以鹿儿们，没有甲胄，纷纷哭泣着，

回到司鹿之神身边。鱼儿们

口衔朽木，纷纷回到，

司鱼之神身边。司鱼之神和司鹿之神，

变色勃然，相互通气，不再派鹿出去，

不再派鱼出去。然而从今以后，

如若人们，能够认认真真，

对待鹿和鱼，我们就派鹿出去，

派鱼出去。那河乌青年，将司鹿之神，

司鱼之神的传话，详细讲完。

私はそれを聞いてから川ガラスの若者に

讃辞を呈して，見ると本当に

人間たちは鹿や魚を

粗末に取扱ったのであった．

それから，以後は，決してそんな事をしない様に

人間たちに，眠りの時，夢の中に

教えてやったら，人間たちも

悪かったという事に気が付き，それからは

幣（ぬさ）の様に魚をとる道具を美しく作り

それで魚をとる．鹿をとったときは①，鹿の頭も

きれいに飾って祭る，それで

魚たちは，よろこんで美しい御幣をくわえて

魚の神のもとに行き，鹿たちは

よろこんで新しく月代（さかやき）をして鹿の神

のもとに立ち帰る．それを鹿の神や

魚の神はよろこんで

沢山，魚を出し，沢山，鹿を出した．

人間たちは，今はもうなんの困る事も

---

① 译者注：乡土研究社第一版此句的日文印刷有误，岩波书店在 1978 年版，第 18 次印刷之后对此进行了订正和补译，此处沿用岩波书店版本。

我听了之后，对河乌青年，

感激称赞。我仔细看时，才发现，

人们以往，对待鹿和鱼的方式，

粗鲁野蛮。

于是为了以后，不再发生此类事端，

我在人们熟睡之时，睡梦之中，

对他们教育了一番。于是人们也，

幡然醒悟，从那之后，

将打鱼棍，做得美如神幡一般，

才来捕鱼。狩鹿之时，将鹿头也，

精心装饰，插满神幡。于是，

鱼儿们，欣喜万分，口衔美丽的神幡，

回到司鱼之神身边。鹿儿们，

开开心心，头部焕然一新，

回到司鹿之神身边。司鹿之神，

司鱼之神，对此欣喜快慰，

派出鱼儿鹿儿，成千累万。

人们如今也，不再困苦，

ひもじい事もなく暮している，
私はそれを見て安心をした．
私は，もう年老い，衰え弱った
ので，天国へ行こうと
思っていたのだけれども，私が守護している人間の国に
饑饉があって人間たちが餓死しようとしているのに
構わずに行く事が出来ないので，
これまで居たのだけれども，今はもう
なんの気がかりも無いから，最も強い者
若い勇者を私のあとにおき人間の世を
守護させて，今天国へ行く所なのだ．
　と，国の守護神なる翁神（梟）が
　　物語って天国へ行きました．と．

没有饥荒,生活安康。

我看了之后,安心坦然。

我如今已年老体衰,风烛残年,

本来想着,飞举升天,

然而,我所守护的人类家园,

遭遇饥荒,人们即将饿死,

我无法断然离去,坐视不管,

所以才滞留至今。然而现在,

我已毫无牵念,因为我已安排,

真的勇士,勇士青年,继承我后,

替我守护人间。现在,我就起飞升天。

  如此这般,村庄之神,神之老翁,

  讲完之后,便飞向天空。完!

海の神が自ら歌った謡
「アトイカトマトマキ クントテアシ フムフム!」

アトイカ トマトマキ クントテアシ フムフム
長い兄様，六人の兄様，長い姉様，六人の姉様
短い兄様，六人の兄様，短い姉様，六人の姉様が
私を育てて居たが，私は
宝物の積んである傍に高床をしつらえ，その高床の上に
すわって鞘(さや)刻み鞘彫り
それのみを
事として暮していた．
毎日，朝になると兄様たちは
矢筒を背負って姉様たちと一しょに出て行って
暮方になると疲れた顔色で
何も持たずに帰って来て姉様たちは
疲れているのに食事拵(こしら)えをし，私にお膳を出して
自分たちも食事をして食事のあとが片附くと，
それから兄様たちは矢を作るのに忙しく手を動かす．
矢筒が一ぱいになると，みんな疲れているものだから

海之神自述的谣曲
"阿推卡 陶玛陶玛基,昆图泰阿西 弗姆弗姆!"

阿推卡 陶玛陶玛基,昆图泰阿西 弗姆弗姆

长长的阿兄,六位阿兄,长长的阿姐,六位阿姐,

短短的阿兄,六位阿兄,短短的阿姐,六位阿姐,

一起将我抚养。宝坛的一旁,

置有高床,我坐在高床之上,

对着刀鞘,雕刻花纹,

聚精会神。以此为业,

我度过日夜晨昏。

每一天,天一亮,阿兄们,

背着箭筒,和阿姐们一起,出门而去,

暮色降临之后,满脸疲惫,

两手空空,回到家中。阿姐们,

带着乏累,做好晚饭,先给我用膳,

然后她们自己吃完,收拾桌碗。

接着,阿兄们忙碌起来,制作矢箭。

当箭矢盛满箭筒,大家已然疲乏不堪,

寝ると高鼾（たかいびき）を響かせてねむってしまう．

その次の日になるとまだ暗い中に

みんな起きて姉様たちが食事拵えをして私に膳を出し

みんな食事が済むと，また矢筒を背負って

行ってしまう．また夕方になると

疲れた顔色で何も持たずに帰って来て

姉様たちは食事拵え，兄様たちは矢を作って，

何時（いつ）でも同じ事をしていた．

ある日にまた兄様たち姉様たちは

矢筒を背負って出て行ってしまった．

宝物の彫刻を私はしていたがやがて

高床の上に起き上り金の小弓に

金の小矢を持って外へ出て

見ると海はひろびろと凪ぎて

海の東へ海の西へ鯨たちが

パチャパチャと遊んで居る．すると

海の東に長い姉様，六人の姉様が手をつらねて輪をつくると，

短い姉様，六人の姉様が，輪の中へ鯨を追い込む，

長い兄様，六人の兄様，短い兄様，六人の兄様が

睡下去，鼾声此起彼伏不断。

到了第二天，天色似明还暗，

大家起床，阿姐们，做好早饭，先给我用膳，

大家吃完，又都背上箭筒，

离家而行。待到天色变暗，

大家又都面容疲惫，两手空空，回到家中。

阿姐们准备晚饭，阿兄们制作矢箭，

往复循环，一成不变。

有一日，阿兄与阿姐们，

又背着箭筒，离家而行。

我依然在，雕刻宝物，

不久终于，我从高床上坐起，带上小金弓，

拿上小金箭，出了门去。

骋目远望，大海风平浪静，无限宽广。

鲸鱼们玩耍嬉戏，哗啦哗啦，

游向大海之东，游向大海之西。

大海之东，长长的阿姐，六位阿姐，围成一圈；

短短的阿姐，六位阿姐，将鲸鱼赶进圈中；

长长的阿兄，六位阿兄，短短的阿兄，六位阿兄，

輪の中へ鯨をねらい射つと，その鯨の
下を矢が通り上を矢が通る．
毎日毎日彼等はこんな事をして
いたのであった．見ると海の中央に
大きな鯨が親子の鯨が上へ下へ
パチャパチャと遊んで居るのが見えたので
遠い所から金の小弓に金の小矢を
番えてねらい射ったところ，一本の矢で
一度に親子の鯨を射貫いてしまった．
そこで一つの鯨のまんなかを斬って
その半分を姉様たちの輪の中へ
ほうりこんだ．それから鯨一ツ半の鯨を
尾の下にいれて人間の国に
むかって行きオタシュツ村に
着いて一ツ半の鯨を
村の浜へ押し上げてやった．
それから海の上にゆっくりと
游いで帰って
来たところが，誰かが
息を切らしてその側をはしるものがあるので

海の神が自ら歌った謡 /「アトイカトマトマキ　クントテアシ　フムフム！」

海之神自述的谣曲 /"阿推卡 陶玛陶玛基，昆图泰阿西 弗姆弗姆！"

向圈中的鲸鱼射箭，那些箭，

飞过鲸鱼的下面，飞过鲸鱼的上面。

每一天每一天，他们都如此奔忙，

行事不变。我随眼望去，大海的中央，

巨大的塞鲸，塞鲸母子，游上游下，

嬉戏玩耍，哗哗啦啦。我看到此状，

从远远的地方，将小金箭搭在

小金弓之上，瞄准射去，只用一支箭，

便一次射穿了，鲸鱼母子一双。

于是，我将其中一条鲸鱼，从中间砍断，

分出一半，扔进阿姐们的包围圈，

接着，我将剩余的鲸鱼一条半，

夹在自己尾巴之下，带着前往，

人类居住的地方，最后到了，

奥塔苏图村，我便将一条半鲸鱼，

推到村庄下面的海岸上。

之后，我在海面上，悠然自得，

穿行上下，准备游回家。

这时，不知何人，

上气不接下气，跑过我的身旁。

見ると，海のごめであった．

息をきらしながら云うことには，

「トミンカリクル　カムイカリクル　イソヤンケクル

勇マシイ神様，大神様，

あなたはなんの為に，卑しい人間共，悪い人間共に

大きな海幸をおやりになったのです．

卑しい人間共，悪い人間共は，斧もて

鎌をもて大きな海幸をブツブツ切ったり突っついたり

削り取っています，勇ましい神様

大神様さあ早く大海幸を

お取り返しなさいませ．あんなに沢山，海幸をおやりに

なっても卑しい人間たち悪い人間たちは

有難いとも思わずこんな事をします．」

と云うので私は笑って云う

ことには，

「私は人間たちに呉れてやったものだから

今はもう自分の物だから，人間たちが

自分の持物を鎌でつつこうが斧で

削ろうがどうでも

自分たちの自由に食べたらいいではないか

海之神自述的谣曲 / "阿推卡 陶玛陶玛基，昆图泰阿西 弗姆弗姆！"

我仔细看时，原来是海鸉鹆，

它气喘吁吁，如此说道：

"镇财守宝之神，统领众神之神，亲授海货之神，

英勇的大神，尊崇之神，

您究竟为何，将巨大的海产，

白白交给，卑微的人类，粗鄙的人类。

那卑微的人们，粗鄙的人们，

正用斧头镰刀，将巨大的海产，分割切断，

斩成碎片。英勇的大神，

尊崇之神，快啊快啊，请收回那，

巨大的海产。即使您将，众多的海产，赐予那

卑微的人们，粗鄙的人们，

他们丝毫不会感恩，情形如您所见。"

听说如此，我微微一笑，掷地有声，

如此回复道：

"我已经将其赐予人类，

现今它已属于人类，人类自己的物品，

无论是镰刀割，斧头砍，

生拆硬斩，诸如此类，

想怎么办就怎么办，能吃进嘴里，

それがどうなのだ。」と云うと
海のごめは所在無げにしているけれども
私はそれを少しも構わず海の上を
ゆっくりとおよいで
もう日が暮れようとしている時に，私の海へ
着いた．見ると
十二人の兄様，十二人の
姉様は，彼の半分の鯨をはこび
きれなくてみんなで掛声高く
海の東に，グズグズしている．
私は実にあきれてしまった．
私はそれに構わずに家へ
帰り，高床の上にすわった．
そこで後ふりかえって人間の世界の方を
見ると，私が打ち上げた一ツ
半の鯨のまわりをとりまいてりっぱな男たちや
りっぱな女たちが盛装して
海幸をば喜び舞い海幸をば歓び躍り，後の砂丘
の上にはりっぱな敷物が敷かれて
その上にオタシュツ村の村長が

海の神が自ら歌った謡 /「アトイカトマトマキ　クントテアシ　フムフム！」

海之神自述的谣曲 /"阿推卡 陶玛陶玛基，昆图泰阿西 弗姆弗姆！"

又有什么相干？"

海鷦鹩听后，沉默无语。

我毫不在意，悠悠地，浮出海面之上，

又潜到海面下边去。

眼看日头快要落山，我回到了自己的海域。

随眼望去，

我十二位阿兄，我十二位阿姐，

无法将那半条鲸鱼，拖拽拉起，

他们彼此，喊着长长的号子，

在大海的东部，缓动慢移。

我吃惊不已，

却丝毫也不在意，回到了

自己家里，坐到高床上去。

接着，回头向我身后，人类的世界，

望去。我推到岸卜的，一条半鲸鱼，

周围聚起，绅士淑女，

他们身着盛装，

对着渔获踢踏，对着渔获跳舞。身后的沙丘，

沙丘之上，铺设着宽大的座席。

座席之上，奥塔苏图村的村长，

六枚の着物に帯を束（たば）ね，六枚の着物を

羽織って，りっぱな神の冠，先祖の冠を

頭に冠り，神授の剣を腰に佩（は）き

神の様に美しい様子で手を高くさし上げ

礼拝をしている．人間たちは泣いて

海幸をよろこんでいる．

何をごめが人間たちが

斧で鎌で私の押し上げた鯨を

突っついていると云ったが，

村長をはじめ

村民は，昔から

宝物の最も尊いものとしている神剣を取り出して

それで肉を斬って搬（はこ）んでいる．

それから，私の兄様たち姉様たちは帰って来る

様子もない．

二日三日たった時，窓の方に

何か見える様だ，それで

振りかえって見て見ると，東の窓の上に

かねの盃にあふれる程

酒がはいっていてその上に

海の神が自ら歌った謡 /「アトイカトマトマキ　クントテアシ　フムフム！」
海之神自述的谣曲 / "阿推卡 陶玛陶玛基，昆图泰阿西 弗姆弗姆！"

腰带系着六层华服，其外加披六层华服，

头戴神圣之冠，头戴祖传之冠，

腰间悬着神授之剑。

外表状如神仙，双手高高举起，

反复礼拜不断。人们也正在，

对着渔获，纷纷喜极而泣。

哪里是海鶅鹟所传，人们

将我推上岸的鲸鱼，

刀劈斧砍？

村长和村民们，

取出上古流传下来的，

最为珍贵的宝物，神授之剑，

正在用神剑，将鲸肉斩断后搬走。

许久之后，我的阿兄阿姐们，完全没有，

回来的兆候。

约莫两三日，窗户的方向，

我瞥见有些异样，于是我，

回首望去，那东面神窗，窗户之上，

金属酒杯中，满樽美酒荡漾，

金属酒杯之上，有一支，

御幣を取りつけた酒箸①が載っていて,

行きつ戻りつ,使者としての口上を述べて云うには,

「私はオタシュツ村の人で

畏れ多い事ながらおみきを差し上げます.」と

オタシュツ村の村長が村民

一同を代表して私に礼をのべる

次第をくわしく話し,

「トミンカリクル　カムイカリクル　イソヤンケクル

大神様,勇ましい神様でなくて誰が,

この様に私たちの村に饑饉があって

もう,どうにも仕様がない程

食物に窮している時に哀れんで下されましょう.

私たちの村に生命を与えて下さいました事,

誠に有難う御座います,海幸をよろこび

少しの酒を作りまして,小さな幣を

添え,大神様に謝礼

---

　①　御幣で飾りをつけたものであって,神様にお神酒を上げる時に使います.この kike-ush-pashui は人間の代理を勤めて,人間が神様に云おうと思う事を神様のところへ行って,伝えると云います.御幣をつけていない普通の箸を iku pashui と云います(酒宴の箸).

海之神自述的谣曲 /「阿推卡 陶玛陶玛基,昆图泰阿西 弗姆弗姆!"

带着神幡的酒筷①,

那酒筷来回移动,如此转述人言,

"吾乃奥塔苏图村人氏,

敬天服神,薄酒祭拜以享。"

奥塔苏图村村长,

代表其全体村民,对我感恩戴德,

具表其心意如下:

"镇财守宝之神,统领众神之神,亲授海货之神

尊崇之神,英勇之神,只有您,

在我们的村庄,遭受饥荒,

已然食物困乏,

走投无路之时,给予怜悯。

让我们村庄,燃起生存的希望,

我等感激不尽。对于渔获,我等欣喜万分,

酿制薄酒若许,外加细小神幡,

为您尊崇之神,权作谢礼,

---

① 筷子上装饰有神幡,在给神祇敬酒时使用。替代人类,将人类想要向神祇祈祷的话,带给神祇,这种筷子叫作 kike-ush-pashui。没有装饰神幡的,普通的筷子叫作 iku pashui(直译:酒宴的筷子)。

申し上げる次第であります.」という事を

幣つきの酒箸が行きつ戻りつ申し立てた.

それで私は起き上って,かねの盃を

取り,押しいただいて

上の座の六つの酒樽の蓋を開き

美酒を少しずつ入れて

かねの盃を窓の上にのせた.

それが済むと,高床の上に腰を下し

見ると彼の盃は箸と共に

なくなっていた.それから,鞘を刻み

鞘を彫り,していてやがて

ふと面をあげて見ると,

家の中は美しい幣で一ぱいになっていて

家の中は白い雲がたなびき白いいなびかりが

ピカピカ光っている.私はああ美しいと思った.

それからまた,二日三日たつと,

その時やっと,家のそとで,兄様たちや

姉様たちが掛声高く彼の鯨を

引っ張って来たのがきこえだした.私はあきれて

しまった.家の中へはいる様子を

敬请笑纳。"如此这般,

带着神幡的酒筷,回复往还,向我申言。

于是,我坐起身来,端起金属酒杯,

举高又放低。

然后打开,上座处六个酒樽的樽盖,

分别加入美酒少许,

将金属酒杯,放在窗台之上。

之后便坐上高床。

我定睛看时,那酒杯和酒筷

都已消失不见。于是我继续,对着刀鞘,

雕花刻纹。不久之后,

无意间,我抬头一看,

家中屋内,插满了美丽的神幡,

屋子里面,白云缭绕,白色闪电,

电光冲天。我称心惬意无限。

那之后,又过了两三天之久,

终于才听到,屋子外面,阿兄们,

阿姐们,一起喊着长长的号子,

将那鲸鱼,拖来了家里。我吃了一惊,

看着他们,进入屋子当中。

眺めると，兄様たちや姉様たちは
たいへん疲れて，顔色も萎（しお）れている．
みんなはいって来て，沢山の幣を見ると，
驚いてみんななん遍もなん遍も拝した．
そのうちに，東の座の六つの酒樽は
溢れるばかりになって，神の好物の
酒の香が家の中に漂うた．
それから私は，美しい幣で家の中を飾りつけ，
遠方の神，近所の神を招待し
盛んな酒宴を張った．姉様たちは
鯨を煮て，神たちに出すと，
神たちは，舌鼓を打ってよろこんだ．
宴酣（たけなわ）の頃私は起き上り
斯々，人間世界に饑饉があって
あわれに思い，海幸を打ち上げた次第や
人間たちをよくしてやると，悪い神々が
それをねたみ，海のごめが私に中
傷した事や，オタシュツ村の
村長が斯々の言葉をとって私に礼をのべ
幣つきの酒箸が使者になって来た事など

海之神自述的谣曲 / "阿推卡 陶玛陶玛基，昆图泰阿西 弗姆弗姆！"

阿兄们，阿姐们，

脸上无精打采，疲惫至极。

大家进到屋里，一看见满是神幡，

都惊奇不已，不断叩拜行礼。

此时，东边座位上，六个酒樽，

即将满溢，神之所爱，

酒之馨香，在屋内飘荡。

于是，我用美丽的神幡，装饰家中。

邀请远方的神仙，邀请近处的神仙，

召开盛大的酒宴。阿姐们，

煮好鲸肉，献于诸神，

诸神纷纷咂舌称赞。

酒酣耳热之际，我起身向众神解释，

如此这般：人类的世界，遇到饥荒，

我觉得可怜，将渔获推上岸，

准备对人类的生活进行改善，可是歹神们，

嫉妒此举，派海鸬鹚对我，

恶意中伤；奥塔苏图村的村长，

如此如此，向我申述感激之言，

并由那，带神幡的酒筷，作为使者代传。

詳しく物語ると，神たちは
一度に揃って打ちうなずきつつ，
私をほめたたえた．
それからまた，盛な宴をはり
神たちの，そこに
ここに舞う音，躍る音は
美しき響をなし，姉様たちは
提子（ちょうし）を持って席の間を酌して
まわるもあり，女神たち
と共に美しい声で歌うもある．
二日三日たって宴を閉じた．
神々に美しい幣を二つ三つずつ
上げると神々は腰の央を
ギックリ屈めてなん遍もなん遍も礼をして，
みんな自分の家に立ち帰った．
そのあと，何時でも同じく長い兄様，六人の兄様
長い姉様，六人の姉様，短い姉様，六人の姉様
短い兄様，六人の兄様と一しょにい，
人間たちが酒を造るとその度毎に
私に酒を送り私のところへ幣をよこす．

我详细说明之后,

诸神一同点头,表示钦佩,

并对我交口称赞。

紧接着,我又召开盛大的酒宴,

在宴会的这边,在宴会的那边,

诸神跳舞,踢踏之声,

嗒嗒作响。有的阿姐,

端着酒铫斟酒,穿梭于酒席之间。

有的阿姐,和女神们一起歌唱,

那歌声清澈悠扬。

过了二三天,宴会结束,

我将美丽的神幡,分成两两三三,

赠予众神,众神立即弓背屈膝,

反复叩拜行礼,

然后都回自己家里去。

从那之后,无论何时,长长的阿兄,六位阿兄,

长长的阿姐,六位阿姐,短短的阿姐,六位阿姐,

短短的阿兄,六位阿兄,永远守在一起。

人类只要酿了酒,每次都会,

祭祀于我,并向我献上神幡。

今はもう，人間たちも食物の不足も

なんの困る事も無く平穏に

暮しているので，私は安心をしています．

海の神が自ら歌った謠 /「アトイカトマトマキ　クントテアシ　フムフム！」
海之神自述的谣曲 / "阿推卡 陶玛陶玛基，昆图泰阿西 弗姆弗姆！"

现如今，人类已经不再，经历饥荒，

也无困苦忧患，生活平静安康，

我对此释然心安。

蛙が自らを歌った謠
「トーロロ ハンロク ハンロク!」

トーロロ ハンロク ハンロク!
ある日に，草原を飛び廻って
遊んでいるうちに見ると，
一軒の家があるので戸口へ行って
見ると，家の内に宝の積んである側に
高床がある．その高床の上に
一人の若者が鞘を刻んでうつむいて
いたので，私は悪戯をしかけようと思って敷居の上に
坐って,「トーロロ ハンロク ハンロク!」と
鳴いた，ところが，彼の若者は刀持つ手を上げ
私を見ると，ニッコリ笑って，
「それはお前の謠かえ？ お前の喜びの歌かえ？
もっと聞きたいね.」というので
私はよろこんで「トーロロ ハンロク ハンロク!」と
鳴くと，彼の若者のいう事には，
「それはお前のユーカラかえ？ サケハウかえ？

蛤蟆自述的谣曲
"沼泽中，坐定，坐定！"

沼泽中，坐定，坐定！
有一日，我在草丛中跳啊跳啊，
纵情玩耍。定睛之处，看到
有一户人家。我走到门口，
向内望去，屋里宝坛一旁，
置有高床，那高床之上，
有一个后生，正俯身低头，
雕刻刀鞘。我想着捉弄他，就在门槛上坐下，
然后唱道："沼泽中，坐定，坐定！"
熟料，那后生，停手拿着刻刀，
望见我，微微一笑，接着问道：
"这就是你的歌谣？你欢乐的曲调？
让我多听听可好。"
我十分高兴，"沼泽中，坐定，坐定！"
唱个不停。那后生，如此说道：
"这就是你的歌谣？你欢乐的曲调？

もっと近くで聞きたいね.」
私はそれをきいて嬉しく思い下座の方の
炉縁の上へピョンと飛んで
「トーロロ　ハンロク　ハンロク!」と鳴くと
彼の若者のいうことには,
「それはお前のユーカラかえ?　サケハウかえ?
もっと近くで聞きたいね.」それを聞くと私は,
本当に嬉しくなって,上座の方の炉縁の
隅のところへピョンと飛んで
「トーロロ　ハンロク　ハンロク!」と鳴いたら
突然! 彼の若者がパッと起ち
上ったかと思うと,大きな薪の燃えさしを
取り上げて私の上へ投げつけた音は
体の前がふさがったように思われて,それっきり
どうなったかわからなくなってしまった.
ふと気がついて見たら
芥捨（あくすて）場の末に,一つの腹のふくれた蛙が
死んでいて,その耳と耳との間に私はすわっていた.
よく見ると,ただの人間の家
だと思ったのは,オキキリムイ,神の様に

让我离近点儿,听听可好。"

听到此声,我十分激动,一纵身,

跳到下座边,围炉的木沿上。

"沼泽中,坐定,坐定!"我继续歌唱,

那后生,又如此说道:

"这就是你的歌谣?你欢乐的曲调?

再近一些,让我听听可好。"听到此声,

我着实万分激动,一纵身

跳到上座边,围炉木沿的一角上。

"沼泽中,坐定,坐定!"我继续歌唱,

突然,那后生啪的一下起身,

顺势哗地捡起,

一大块残柴,砸到我身上,那声音,

在我身前,砰的一响。

之后发生了什么,我便毫无印象。

不知何时,我恢复意识,定睛一看,

垃圾堆边,一只蛤蟆,肚子又鼓又圆,

已经死亡,而我就坐在,它的耳朵与耳朵之间。

我仔细侦看,本以为,这是平淡无奇的,

人类的屋房,原来却是,奥基库鲁米,

強い方の家なのであった．そして
オキキリムイだという事も知らずに
私が悪戯をしたのであった．
私はもう今この様につまらない死方，悪い死方
をするのだから，これからの
蛙たちよ，決して，人間たちに悪戯をするのではないよ．
　と，ふくれた蛙が云いながら死んでしまった．

神勇之士的厅堂。

我竟然有眼不识，奥基库鲁米之士，

将其玩笑戏弄一场。

我如今这般死去，多么卑微，

多么无趣。从今而后的

蛤蟆们啊，千万不能，向人类恶作剧。

　　到此，肚子鼓鼓的蛤蟆，讲着讲着便死去了。

小オキキリムイが自ら歌った謡
「クツニサ　クトンクトン」

クツニサ　クトンクトン

ある日に水源の方へ遊びに

出かけたら，水源に一人の小男が

胡桃（くるみ）の木の簗をたてるため杭を打つのに

腰を曲げ曲げしている．

私を見ると，いう事には，

「誰だ？　私の甥よ，私に手伝ってお呉れ．」

という．見ると，胡桃の簗

なものだから，胡桃の水，濁った水

が流れて来て鮭どもが

上って来ると胡桃の水が嫌なので

泣きながら帰ってゆく．私は腹が立ったので

小男の持っている杭を打つ槌を

引ったくり小男の腰の央を

私がたたく音がポンと響いた．小男の

腰の央を折ってしまって殺してしまい

小奥基库鲁米自述的谣曲
"库图尼萨 库通库通"

库图尼萨 库通库通

有一日我去往水源处,

玩耍,水源之上,一个矮汉,

为制作胡桃木鱼栅,正敲打木桩,

他腰身弯了又直,直了又弯。

看到我,便如此说道:

"这是谁啊?我的侄子嘛,快来给我帮忙。"

听说如此,我仔细查看,

这是胡桃木鱼栅,所以胡桃之水,肮脏之水,

流出不断。而鲑鱼们

溯流而来时,因嫌恶胡桃之水,

纷纷哭泣着折返。我大怒赫然,

将矮汉手里,打桩的大锤,

抢了过来,砸向他腰中间,

那声音,砰的一响。我又将矮汉,

从腰中间折断,彻底杀死,

地獄へ踏み落してやった．彼の胡桃の杭を
揺り動かして見ると六つの地獄[①]の
彼方まで届いている様だ．
それから，私は腰の力，からだ中の力を
出して，その杭を根本から
折ってしまい，地獄へ踏み落してしまった．
水源から清い風，清い水が
流れて来て，泣きながら帰って行った．
鮭どもは清い風，清い水に
気を恢復して，大さわぎ大笑いして遊び
ながら，パチャパチャと
上って来た．私はそれを見て，安心をし
流れに沿うて帰って来た．と
　小さいオキキリムイが物語った．

---

　① iwan poknashir：六つの地獄．地の下には六段の世界があってそこ
には種々な悪魔が住んでいます．

将其踹落进，幽冥世间。我试着晃了晃，

那胡桃木桩，感觉到木桩根部已到达，

六界幽冥①的彼岸。

于是，我使出腰的力量，全身的力量，

将那木桩，从根部折断，

一脚踹进幽冥世间。

水源之上，清风吹来，

清水流淌，哭泣着折返的

鲑鱼们，靠着清爽之风、清澈之水，

恢复了元气，大笑着，大闹着，

嘻嘻哈哈，溯流而上，

翻起水声，哗哗啦啦。看到此景，

我心安意平，沿河而下，回到了家。

　　到此，小奥基库鲁米就把故事讲完了。

---

① iwan poknashir：六层幽冥界。地下有六层世界，住着各种各样的恶魔。

小オキキリムイが自ら歌った謡
「この砂赤い赤い」

〔この砂赤い赤い〕①

ある日に流れをさかのぼって遊びに

出かけたら, 悪魔の子に出会った.

いつでも悪魔の子は様子が美しい

顔が美しい. 黒い衣を着けて

胡桃の小弓に胡桃の小矢を持っていて

私を見ると, ニコニコして

いうことには,

「小オキキリムイ, 遊ぼう.

さあこれから, 魚の根を絶やして見せよう.」

と言って, 胡桃の小弓に胡桃の小矢を

番え水源の方へ矢を射放すと,

水源から胡桃の水, 濁った水が

---

① 译者注：乡土研究社第一版日文翻译中没此节拍引句，但是阿依努原文中有，并且其他几篇开头处均有节拍引句。因此，岩波书店 1978 年版在此处追加了节拍引句的日文翻译，并以此括号加以标注。本书沿用岩波书店版本。

小奥基库鲁米自述的谣曲
"这沙子 红啊 红啊"

这沙子 红啊 红啊

有一日，我逆着河流而上，

出外玩耍，撞见了恶魔之子。

恶魔之子一如往常，外形靓丽，

面庞俊美，身着黑色华裳。

他手持胡桃木小弓、胡桃木小箭，

看到我，满面堆笑，

如此说道：

"小奥基库鲁米，咱们一起玩耍吧。

快啊快啊，看我来将，鲑鱼灭亡。"

说着，将胡桃木小箭，搭在胡桃木小弓之上，

将箭射向水源方向。于是水源上，

胡桃之水，肮脏之水

流れ出し，鮭どもが上って来ると

胡桃の水が厭なので泣きながら

引き返して流れて行く．悪魔の子は

それをニコニコしている．

私はそれを見て腹が立ったので

私の持っていた，銀の小弓に銀の小矢を

番え水源へ矢を射はなすと

水源から銀の水，清い水が

流れ出し，泣きながら流れて行った

鮭どもは清い水に元気を恢復し

大笑いをして遊びさわいで

パチャパチャ川を上って行った．

すると，悪魔の子は，持前の癇癪を

顔に表して，

「本当にお前そんな事をするなら，鹿の根を

絶やして見せよう．」と云って，

胡桃の小弓に胡桃の小矢を番え

大空を射ると，山の木原から

胡桃の風，つむじ風が吹いて来て

山の木原から，牡鹿の群は別に

滚滚流淌，鲑鱼们溯流而来时，

嫌恶胡桃之水，哭泣折返，

顺流而下。恶魔之子，

因而，甚是得意扬扬。

我看到此状，火冒三丈，

于是，将我的银质小箭，搭在银质小弓上，

射向水源方向。于是水源上，

银色之水，清澈之水，

滚滚流淌，哭泣着顺流而下的鲑鱼们

靠着清澈之水，恢复了元气，

热热闹闹，玩笑嬉戏，

哗哗啦啦，游到了上游去。

于是，恶魔之子，天生的暴怒之情

涨满了脸：

"臭小子，竟然和我对着干，那我就消灭鹿群，

给你看看。"说着，

将胡桃木小箭，搭在胡桃木小弓之上，

射向天空方向，于是从山上的树林中，

胡桃之风，龙卷之风吹来，

从山上的树林中，雄鹿鹿群分作一丛，

牝鹿の群はまた別に，風に吹き上げられ

ずーっと天空へきれいにならんで上って行く．

悪魔の子はニコニコしている．

それを見た私はかっと癪にさわったので

銀の小弓に銀の小矢を

番えて，鹿の群のあとへ矢を射放すと，

天上から，銀の風，清い風が

吹き降り，牡鹿の群は

別に，牝鹿の群はまた別に，

山の木原の上へ吹き下された．

すると，悪魔の子は

持前の癇癪を顔に現し，

「生意気な[①]，本当に

お前そんな事をするなら，力競べをやろう．」

と云いながら上衣を脱いだ．

私も薄衣一枚になって

---

① achikara：「きたない」．おかしい，生意気なという意味をふくむ．

　この物語は Okikirmui の父と pon nitnekamui の父とは，前に大層激しい戦争をしたことがあるので，この pon okikirmui と pon nitnekamui とは敵どうしになっています．その親たちの戦争した模様は別な物語に詳しく出ています．

雌鹿鹿群分作一丛，被风吹起，

整整齐齐，飞到遥远的天上去。

恶魔之子，得意至极。

我看到此状，火冒三丈，

将银质小箭，搭在银质小弓上，

射向鹿群的后方，

银色之风，清爽之风，

自高天而降，雄鹿鹿群分作一处，

雌鹿鹿群分作一处，

被风吹落到，山间的树林上。

于是乎，恶魔之子，

天生的暴怒之情，跃然脸上：

"腌臜泼才①，竟然如此嚣张，

不如我们来比比力量。"

说着，径自除下了上衣。

我也脱得只剩一件单衣，

---

① achikara：肮脏的。含有傲慢，自负的意思。

这个故事当中，pon okikirmui（小奥基库鲁米）和 pon nitnekamui（恶魔之子）成为敌人，是因为之前 Okikirmui（奥基库鲁米）的父亲和 pon nitnekamui（恶魔之子）的父亲有过一场特别激烈的战争。他们父辈战争的情况，阿依努的其他故事中有详细讲到。

組み付いた．彼も私に組み付いた．それからは

互に下にしたり上にしあったり相撲をとったが，

大へんに悪魔の子が力のある事には

驚いた．けれども，とうとう，ある時間に，

私は腰の力，からだの力を

みんな出して，悪魔の子を

肩の上まで引っ担ぎ，

山の岩の上へ彼を打ちつけた音が

がんと響いた．殺してしまって地獄へ

踏み落したあとはしんと静まり返った．

それが済んで，私は流れに沿って帰って来ると，

川の中では鮭どもが笑う声

遊ぶ声がかまびすしくのぼって来るのが

パチャパチャきこえる．山の木原では，

牡鹿ども，牝鹿どもが笑う声

遊ぶ声がそこら一ぱいになって

そこにここに物を

食べている．私はそれを見て

安心をし，私の家へ

帰って来た．

　と，小さいオキキリムイが物語った．

跳到他身上，他又跳到我身上，接着，

你上我下，你下我上，抱在了一起。

真是没想到，恶魔之子竟然

如此有力气。但是终于，

我使出腰的力量，

全身的力量，将恶魔之子

扛到肩膀之上，

摔在山间的岩石，岩石之上，那声音，

咣嘡作响。我彻底杀死他之后，将其

踹落进幽冥，没有听到任何回声。

结束之后，我沿河而下，顺流归家，

河中鲑鱼们的玩耍声、笑闹声

嘻嘻哈哈，它们溯流而上，

水声哗哗啦啦。山中的树林里，

雄鹿们、雌鹿们的大笑声

大闹声，此起彼伏。

它们这一处，那一处，

悠然地享受食物。我看到此景，

怀释心定，回到

自己的家中。

　　到此，小奥基库鲁米就把故事讲完了。

獺（かわうそ）が自ら歌った謡
「カッパ　レウレウ　カッパ」

カッパ　レウレウ　カッパ

ある日に，流れに沿うて遊びながら

泳いで下りサマユンクルの

水汲路のところに来ると，

サマユンクルの妹が神の様な美しい容子で

片手に手桶を持ち片手に

蒲の束①を持って来ているので

川の縁に私は頭だけ出し，

「お父様をお持ちですか？

お母様をお持ちですか？」と云うと，

娘さんは驚いて眼をきょろきょろさせ

私を見つけると，怒の色を顔に

現して，

---

　　① kinatantuka：蒲の束．蒲は編んで筵の様な敷物にするのですが，よく乾いているのをそのまま編むといけませんから，少し湿してからつかいます．この話にあるのも，そのために女が川へ持って行くのでしょう．

水獭自述的谣曲

"扁平头 停下 停下 扁平头"

扁平头 停下 停下 扁平头

有一日,我顺着河流而下,

游泳玩耍,来到萨马永库鲁的

河边汲水之处。

萨马永库鲁之妹,貌若仙姝,

向我走来,一手提着水桶,

一手握着一束香蒲①。

河岸边上,我只将自己的头露出,问道:

"你是否有阿父?

你是否有阿母?"听到此言,

少女大吃一惊,检视周边,

看到我,顿时怒气

涨满了脸:

---

① kinatantuka:香蒲之束。香蒲一般用来编成座席之类的铺设用品。太干燥的香蒲无法直接编织,需要用水打湿之后才可。此篇中,那位女士应该是要打湿香蒲,才拿到河边去。

「まあ，にくらしい扁平頭，悪い扁平頭が
人をばかにして①．犬たちよ，ココ……」
と言うと，大きな犬ども②が
駈け出して来て，私を見ると牙を鳴ら
している．私はビックリして川の底へ
潜り込んで直ぐそのまま川底を通って
逃げ下った．
そうして，オキキリムイの水汲路の
川口へ頭だけだして
見ると，オキキリムイの妹が
神の様に美しい様子で片手に手桶を持ち
片手に蒲の束を持って
来たので私のいうことには，

---

　　① i-okapushpa：人は死んでしまった親や親類などの名を言ったり，その事をふだん話したりする事を i-okapushpa と言って大へん嫌います．また，人のかくしていた事をそばからほじり出して，みんなに言ったり，その人の聞きにくい様なその人の前の行為などを口に出したりする事をも i-okapushpa と言います．

　　② nimakitara：牙の剥き出している．これは犬の事．山のけものたちは，人が猟に行くと犬を連れて行きますが，その犬に歯をむき出してかかられるのが一ばん恐いので，犬にこんな名をつけて恐がっています．

獭（かわうそ）が自ら歌った謡/「カッパ レウレウ カッパ」
水獭自述的谣曲 / "扁平头 停下 停下 扁平头"

"臭扁平头，死扁平头，

就知道乱讲讨人嫌①，狗儿们，去，去……"

说着，大狗们②，

跑将过来，看到我，牙齿嘎嘎作响。

我吓了一跳，

赶忙潜入河底，顺着河底，

往下游逃去。

到了下游，奥基库鲁米

汲水之处的河口，我仅露出自己的头，

窥探。奥基库鲁米之妹

向我走来，貌若神仙，一手提着水桶，

一手握着一束香蒲，

于是，我便如此问道：

---

① i-okapushpa：提已经死去的父母以及亲人等的名字，或者平时谈及类似的事情，称为 i-okapushpa，一般人会感到非常不愉快。另外，窥探得别人的隐私讲与众人，或者说出别人难为情的往事，都用 i-okapushpa。

② nimakitara：意为龇牙咧嘴，这里指的是狗。人们去捕猎时，都会带着狗。山中的野兽，最怕那些狗龇牙咧嘴咬将过来，所以便给狗起了这样的名字，吓唬野兽。

「御父様をお持ちですか?
御母様をお持ちですか?」というと,
娘さんは驚いて眼をきょろきょろさせ
私を見ると,怒りの色を顔に
表して,
「まあ,にくらしい扁平頭,悪い扁平頭が
人をばかにして.犬たちよ,ココ……」
と言うと大きな犬どもが駈け出して来た.
それを見て私は先刻の事を思い出し
可笑しく思いながら川の底へ
潜りこんで逃げようとしたら,
まさか犬たちがそんな事をしようとは
思わなかったのに,牙を鳴らしながら
川の底まで私に飛び付き
陸へ私を引き摺り上げ,私の頭も私の体も
噛みつかれ噛みむしられて,しまいに
どうなったかわからなくなってしまった.
ふと気が付いて見ると,
大きな獺の耳と耳の間に私はすわって
いた.

獺（かわうそ）が自ら歌った謡 /「カッパ レウレウ カッパ」
水獭自述的谣曲 /"扁平头 停下 停下 扁平头"

"你是否有阿父？

你是否有阿母？"听到此言，

少女大吃一惊，检视周边，

看到我，顿时怒气

涨满了脸。

"臭扁平头，死扁平头

就知道乱讲讨人嫌，狗儿们，去，去……"

说着，大狗们，跑将过来。

见到此状，我想起先前一幕，

觉得可乐至极，又潜入河底，

打算逃走离去，

没想到，那些狗行事离奇，

牙齿嘎嘎作响，

将我一脚踩到河底，又将我

一下拽上岸边。我的头、我的身体，

被咬烂，被咬穿，到最后，

不知不觉中，我意识已不再清醒。

不知何时，我恢复意识，定睛一看，

我坐在了一只，

大水獭的耳朵与耳朵之间。

サマユンクルもオキキリムイも

父もなく母もないのを私は知って

あんな悪戯をしたので罰を当てられ

オキキリムイの犬どもに殺され

つまらない死方，悪い死方をするのです．

これからの獺たちよ，決して悪戯をしなさるな．

　と，獺が物語った．

我明明知道，萨马永库鲁、奥基库鲁米，

本就无父无母，却还是如此

取笑捉弄，因此受到惩罚，

被奥基库鲁米的狗儿们所杀，

多么无趣的死法，多么卑微的死法。

今后的各位水獭，千万不能，把人取笑捉弄啊。

　　到此，水獭就把故事讲完了。

沼貝（ぬまがい）が自ら歌った謡
「トヌペカ　ランラン」

　　トヌペカ　ランラン

強烈な日光に私の居る所も

乾いてしまって今にも私は死にそうです．

「誰か，水を飲ませて下すって

助けて下さればいい．水よ水よ」と私たちが泣き叫んで

いますと，ずーっと浜の方から一人の女が

籠を背負って来ています．

私たちは泣いていますと，私たちの傍を通り

私たちを見ると，

「おかしな沼貝，悪い沼貝，何を泣いて

うるさい事さわいでいるのだろう．」と言って

　私たちを踏みつけ，足先にかけ飛ばし，貝殻と共につぶして

　ずーっと山へ行ってしまいました．

「おお痛，苦しい，水よ水よ．」と泣き叫んで

いると，ずっと浜の方からまた一人の女が

河蚌自述的谣曲

"那眼泪也簌簌"

那眼泪也簌簌

阳光酷烈,我所居之处

都已干涸,如今之我,应是时日无多。

"有没有人,给点儿水饮?

快来救救我们,水噢水噢。"我们哭叫号啕。

就在此时,远远的岸滩上,

一位女子,正背着袋篓走来。

我们高声哭叫,她便走到我们身旁,

瞪着我们说道:

"臭河蚌,死河蚌,为何哭哭啼啼,

如此喧哗?"说着,便对我们

足踏脚踢,将我们连壳踩碎,

之后便去了远远的山里。

"多么痛楚,多么难受,水噢水噢。"我们哭叫号啕,

就在此时,远远的岸滩上,又一位女子,

籠を背負って来ています．私たちは
「誰か私たちに水を飲ませて助けて下さるといい，
おお痛，おお苦しい，水よ水よ．」と叫び泣きました
すると，娘さんは，神の様な美しい気高い様子で
私の側へ来て私たちを見ると，
「まあかわいそうに，大へん暑くて沼貝たちの
寝床も乾いてしまって水を欲しがって
いるのだね，どうしたのでしょう
何だか踏みつけられでもした様だが……」と言いつつ
私たちみんなを拾い集めて蕗の葉に
入れて，きれいな湖に入れてくれました．
清い冷水でスッカリ元気を恢復し
大へん丈夫になりました．そこで始めて
かの女たちの気性を探って
見ると，先に来て，私を踏みつぶした
にくらしい女，わるい女はサマユンクルの
妹で，私たちを憫み
助けて下さった若い娘さん淑（しと）やかな方
は，オキキリムイの妹なのでありました．
サマユンクルの妹は悪（にく）らしいので

正背着袋篓走来。我们便高声哭叫:

"有没有人,给点儿水饮?快来救救我们,

多么痛楚,多么难受,水噢水噢。"

于是那位少女,神一般高贵美丽,

来到我的身旁,端详着我们说道:

"多么可怜,大热天,河蚌们的

休眠之所都已晒干,它们一定

焦渴不堪。可又是为何,

好像被踩踏了一般。"说着,

便将我们全部捡起,包在款冬叶子中,

放到了清澈的湖里。

靠着清凉的湖水,我们完全恢复了元气,

变得壮硕无比。于是我们开始

探寻那些女子的家世来历。

我们定睛一看,先来的,将我们踩碎的,

可憎的女人,恶毒的女人

是萨马永库鲁之妹,而哀悯我们,

搭救我们的少女,端庄高贵之主,

正是奥基库鲁米之妹。

萨马永库鲁之妹,着实可憎,

その粟畑を枯らしてしまい、オキキリムイの
妹のその粟畑をばよく実らせました。
　その年に、オキキリムイの妹は大そう多く収穫をしました。
　私の故為（せい）でそうなった事を知って
沼貝の殻で粟の穂を摘みました。
　それから、毎年、人間の女たちは
粟の穂を摘む時は沼貝の殻を使う様になったのです。
　　と、一つの沼貝が物語りました。

我们让她的谷地，颗粒无收。

而奥基库鲁米之妹的谷地，我们使其颗粒丰盈。

那一年，奥基库鲁米之妹，谷粟丰登。

当她得知，丰收是我所为，

她便用，蚌壳来采摘谷穗。

自此以后，每一年，人类的女性们，

采摘谷穗时，使用蚌壳，习以为常。

　　到此，一个河蚌就将故事讲完了。

参考文献

知里真志保（1973/1954）「アイヌの神謡」（『知里真志保著作集』1.153-222. 東京：平凡社　所収）．

知里幸恵（1923）『アイヌ神謡集』東京：郷土研究社．

知里幸恵（1978）『アイヌ神謡集』東京：岩波書店．

知里幸恵（2001）『知里幸恵遺稿　銀のしずく』東京：草風館．

藤村久和（1985）『アイヌ、神々と生きる人々』東京：福武書店．

片山龍峯（2003）『「アイヌ神謡集」を読みとく』東京：草風館．

萱野茂（2002）『萱野茂のアイヌ語辞典（増補版）』東京：三省堂．

北原モコットゥナシ・谷本晃久（2020）『アイヌの真実』東京：株式会社ベストセラーズ．

北道邦彦（2003）『注解　アイヌ神謡集』札幌：北海道出版企画センター．

切替英雄（2003）『アイヌ神謡集辞典』東京：大学書林．

金田一京助・杉山寿栄男（1993）『アイヌ芸術』（新装版）札幌：北海道出版企画センター．

久保寺逸彦（1977）『アイヌ叙事詩　神謡・聖伝の研究』東京：岩波書店．

久保寺逸彦（2020）『アイヌ語・日本語辞典稿』東京：草風館．

馬長城（2024）「『アイヌ神謡集』を中国語に翻訳する際の諸問題および対応方法―日本語訳との対照　その1―」『アイヌ・先住民研究』4．33-58．

松居友・小田イト（1993）『火の神の懐にて』東京：JICC（ジック）出版局．

中川裕（1995）『アイヌ語千歳方言辞典』東京：草風館．

中本ムツ子（2003）『「アイヌ神謡集」をうたう』朗読CD．東京：草風館．

佐藤知己（2004）「知里幸恵『アイヌ神謡集』の難読個所と特異な言語事例をめぐって」『北海道立アイヌ民族文化研究センター研究紀要』10．1-32．

佐藤知己（2005）「六種対照『アイヌ神謡集』（一）：校本作成のための資料と本文をめぐる諸問題」『北海道大学文学研究科紀要』115．103-127．

佐藤知己（2008）『アイヌ語文法の基礎』東京：大学書林．

佐藤知己（2021）「アイヌ文学入門」（内部資料、未発行）北海道大学2021年度全学授業講義．

田村すず子（1996）『アイヌ語沙流方言辞典』東京：草風館．

田村すず子（1997）「アイヌ語」亀井孝・河野六郎・千野栄一（編）『言語学大辞典コレクション：日本列島の言語』1-88．東京：三省堂．

致 谢

本书的出版，获得了日本广濑财团（ヒロセ财团）第9回研究助成的资助（北海道大学会计项目编号：PK05220003）。此外，本书从翻译到出版，均得到了知里幸惠纪念馆木原仁美馆长、松本徹理事长、清野良宪先生的倾力协助，也得到了河南师范大学原外国语学院副院长刘德润老师、河南农业大学文法学院刘涛老师的指导，纪秋丽和林伟夫妇的鼎力支持，以及家人朋友的鼓励和帮助。

最后，北海道平取町立二风谷阿依努文化博物馆为本书提供了一部分阿依努民俗物品图片，并授予本书相关图片的使用许可。

对于以上法人实体和个人，在此表示由衷的感谢。